gross.druck
K · G · Saur

Bücher in größerer Schrift

Imre Kertész

Kaddisch für ein nicht geborenes Kind

Roman

Aus dem Ungarischen von

György Buda und Kristin Schwamm

gross.druck
K · G · Saur

Originaltitel »Kaddis a meg nem született gyermekért«

Bibliografische Information Der Deutschen Bibliohtek
Die Deutsche Bibliothek verzeichnet diese Publikation
in der Deutschen Nationalbibliografie;
detaillierte bibliografische Daten sind im Internet
über http://dnb.ddb.de abrufbar.

Lizenzausgabe mit freundlicher Genehmigung der Rowohlt Verlags GmbH, Reinbek

Umschlaggestaltung: Zembsch' Werkstatt, München

Gesamtherstellung: Bookwise, München
Printed in Slovakia

ISBN 3-598-80061-4

« ... streicht dunkler die Geigen dann steigt ihr als
Rauch in die Luft
dann habt ihr ein Grab in den Wolken da liegt man
nicht eng »

Paul Celan, *Todesfuge*

«Nein!» sagte ich augenblicklich, sofort und ohne zu zögern, gewissermaßen instinktiv, weil es inzwischen ganz natürlich ist, daß unsere Instinkte gegen unsere Instinkte arbeiten, daß quasi unsere Gegeninstinkte statt unserer Instinkte arbeiten, ja mehr noch, an ihrer Stelle – so geistreichelte ich, falls das geistreich genannt werden kann, das heißt, falls die nackte, jämmerliche Wahrheit geistreich genannt werden kann –, so erzählte ich also dem Philosophen, der mir entgegengekommen war, nachdem sowohl er als ich in dem verkümmernden und vor Krankheit, vielleicht vor Schwindsucht, fast hörbar keuchenden Buchenwald eingehalten hatten, diesem Buchenhain oder wie ich es nennen soll, ich gestehe, ich bin schwach und unwissend, was Bäume angeht, ich erkenne nur die Fichte an ihren Nadeln, und dazu die Platane, weil ich die Platane liebe, und was ich liebe, erkenne ich sogar noch heute, selbst mit meinen Gegeninstinkten erkenne ich es, wenn auch nicht mit jener würgenden, den Magen zur Faust ballenden, sprungbereiten, elektrisierenden, sozusagen erleuchteten Erkenntnis, mit der ich das erkenne, was ich hasse. Ich weiß nicht, warum bei mir immer alles und warum es mit allem anders ist, das heißt, falls ich es vielleicht doch wissen sollte, ist es einfacher, wenn ich es so weiß, daß ich es nicht weiß. Das würde mir viele Erklärungen ersparen. Doch anscheinend kann man Erklärungen nicht umgehen, stets erklären wir uns und alles, selbst das Leben, dieser unerklärbare Komplex von Phänomenen und Empfindungen, fordert uns Erklärungen ab, unsere Umgebung fordert uns Erklärungen ab, und endlich fordern wir uns selbst Erklärungen ab, bis es uns zu guter Letzt gelingt, alles um uns zu vernichten, auch uns selbst zu vernichten, uns selbst zu Tode zu erklären – so erklärte ich dem Philosophen, mit jenem Redezwang, jenem mich selbst anwidernden und doch nicht zu besiegenden Redezwang, der mich immer ergreift, wenn ich nichts zu sagen habe, und der, wie ich fürchte, derselben Wurzel entspringt wie meine Art, in Gasthäusern, in Taxis, bei der Bestechung amtlicher und halbamtlicher Personen üppige Trinkgelder zu verteilen, und wie gleicherweise meine übertriebene, bis zur Selbstaufgabe übertriebene Höflichkeit, als flehte ich ununterbrochen um meine Existenz, um diese Existenz. Oh Gott. Ich war bloß im Wald so vor mich hin gegangen – wenn auch nur in diesem kümmerlichen Eichenwald –, an der frischen Luft – wenn diese Luft auch einigermaßen verdorben ist –, um meinen Kopf ein wenig auszulüften, sagen wir das einmal so, weil es gut klingt, wenn wir nicht nach dem Sinn der Worte sehen, denn so wir nach dem Sinn sehen, haben die Worte, nicht wahr, keine Bedeutung, wie es auch mein Kopf nicht nötig hat, ausgelüftet zu werden, ich bin, im Gegenteil, außerordentlich zugempfindlich; ich verbringe – verbrachte – also meine Zeit hier, vorübergehend (und ich gehe jetzt nicht ein auf die Möglichkeiten, die dieses Wort bietet), hier, inmitten dieses ungarischen Mittelgebirges, in einem Haus, nennen wir es Erholungsheim, obwohl es auch noch als Arbeitsplatz angeht (denn ich arbeite immer, und dazu zwingt mich nicht nur das Fortkommen, würde ich nicht arbeiten, dann *lebte* ich, und lebte ich, nun, ich weiß nicht, wozu mich das zwänge, und es ist auch besser, das nicht zu wissen, wenngleich meine Zellen, mein Eingeweide es sicherlich ahnen, deshalb arbeite ich ja ununterbrochen: solange ich arbeite, bin ich, wenn ich nicht arbeitete, wer weiß, ob ich überhaupt wäre, also nehme ich es ernst, und ich muß es auch ernst nehmen, da es zwischen meiner Arbeit und meinem Fortbestehen die allerernstesten Zusammenhänge gibt, das ist ganz offenkundig), in einem Haus also, in dem einen Platz zugewiesen zu kriegen ich das Recht erworben habe, in der illustren Gesellschaft Intellektueller vom gleichen Schlage, denen ich ebendarum auch nicht ausweichen kann, wie still ich mich auch in mein Zimmer zurückziehen mag – ich verrate das Geheimnis meines Verstecks höchstens mit dem verhaltenen Klappern meiner Schreibmaschine –, wie leise ich auch die Gänge entlangschleiche, essen muß man aber doch, und dabei nehmen mich die Tischgenossen mit ihrer schonungslosen Anwesenheit in ihre Mitte, Spazierengehen muß man doch auch, und dabei kommt mir in seiner Derbheit und so gar nicht dorthin passend, mit seiner braun und beige karierten Schirmmütze, seinem weitgeschnittenen Raglan, mit seinen schmalen, blaßgrünen Augen und dem großen, weichen, einem durchgekneteten und bereits aufgehenden Hefeteig ähnlichen Gesicht, mitten im Wald Doktor Oblath, der Philosoph, entgegen. Das ist sein ordentlicher bürgerlicher Beruf, übrigens auch durch die entsprechende Rubrik seines Personalausweises nachweisbar: Doktor Oblath ist ein Philosoph, wie Immanuel Kant, so wie Baruch Spinoza oder wie Heraklit von Ephesos Philosophen waren, so wie ja auch ich ein Schriftsteller und literarischer Übersetzer bin, ich mache mich selbst nur nicht noch lächerlicher durch die Größen, die ich hinter diesem Titel in Reih und Glied aufstellen könnte und die noch echte Schriftsteller und – manchmal – auch echte Übersetzer waren, weil ich auch ohnedies lächerlich genug bin mit meinem Beruf und weil die Tätigkeit als Übersetzer meinem Herumhantieren in den Augen mancher – vornehmlich der Behörden –

einen Anschein der Objektivität und, aus anderem Grunde zwar, aber auch in meinen eigenen Augen, vielleicht einen gewissen Anschein eines nachweislichen Berufes verleiht.

«Nein!» tobte, heulte etwas in mir, augenblicklich und sofort, als meine Frau (ansonsten schon lange nicht mehr meine Frau) zum erstenmal darauf – auf dich – zu sprechen kam, und mein Gewinsel verstarb nur langsam, eigentlich wohl erst nach langen, langen Jahren zu einem melancholischen Weltschmerz, wie Wotans tobende Wut anläßlich des bekannten Abschiedes, bis gleichsam aus den Nebelgebilden der verwehenden Bläserstimmen, langsam und bösartig wie eine schleichende Krankheit, eine Frage in mir immer festere Umrisse annahm, und diese Frage bist du, genauer: diese Frage bin ich, jedoch durch dich fraglich gemacht, noch genauer (und dem stimmte auch Doktor Oblath zu): *mein Dasein als Möglichkeit deines Seins betrachtet*, das heißt ich als Mörder, wenn die Genauigkeit ins Unendliche, ins Unmögliche gesteigert werden soll, und dies ist mit etwas Selbstpeinigung auch zu gestatten, denn es ist Gott sei Dank zu spät, es wird immer bereits zu spät sein, du existierst nicht, und ich kann volle Gewißheit darüber haben, daß ich in Sicherheit bin, nachdem ich mit diesem «Nein» alles zertrümmerte, alles zusammenstürzen und zu Staub werden ließ, vor allem meine mißlungene, kurzlebige Ehe, erzähle – erzählte – ich Doktor Oblath, dem Doktor der Philosophie, mit der Gelassenheit, die mich das Leben zwar nie lehren konnte, die ich aber jetzt schon so ziemlich geübt ausübe, wenn es unbedingt notwendig ist. Und diesmal war es notwendig, denn der Philosoph war in versonnener Stimmung genaht, das sah ich sofort an seinem leicht seitlich geneigten Kopf, auf dem seltsam platt die kecke Schirmmütze saß, so als habe sich mir ein spaßhafter Wegelagerer genaht, der schon einige Gläschen geleert hat und nun darüber nachsinnt, ob er mich niederschlagen oder sich mit etwas Lösegeld begnügen soll, aber Oblath sann, und fast hätte ich gesagt: leider, ganz und gar nicht über diese Frage nach, ein Philosoph pflegt nicht über Wegelagerei nachzudenken, und tut er es doch, so erscheint sie als gewichtige philosophische Fragestellung vor ihm, die Schmutzarbeit aber verrichten die Fachleute, nun, so etwas haben wir schon gesehen, obwohl es schiere Willkür und fast schon eine Verdächtigung ist, daß mir dies gerade im Zusammenhang mit Doktor Oblath einfällt, denn ich kenne seine Vergangenheit nicht, und er wird sie mir hoffentlich auch nicht erzählen. Nein, das nicht, er überraschte mich aber mit einer nicht weniger indiskreten Frage, als erkundige sich

jener Wegelagerer, wieviel Geld ich in meiner T
habe, er begann, meine familiären Umstände zu er
den, zwar indem er mich eingangs über seine eigenen Umstände unterrichtete, gleichsam als Vorschuß, gleichsam postulierend, daß, wenn ich alles über ihn erfahren könne, obwohl ich daran überhaupt nicht interessiert war, er damit ein Anrecht ableiten könne, meine ... aber ich halte mit dieser Erörterung inne, weil ich spüre, daß mich die Buchstaben, die Worte mitreißen, ich drifte in eine falsche Richtung, in Richtung moralisierender Paranoia, bei der ich mich heutzutage leider öfter ertappe und deren Gründe mir allzu offenkundig sind (Einsamkeit, Isolation, freiwillige Verbannung), als daß sie mir Sorge bereiten könnten, habe ich sie doch selbst hergestellt, gleichsam als einige anfängliche Spatenstiche zu einer viel viel tieferen Grube, die ich noch, Erdklumpen für Erdklumpen, ausheben muß, damit es etwas gebe, das mich dereinst aufnimmt (obwohl es möglich ist, daß ich nicht in die Erde, sondern in die Luft grabe, denn da liegt man nicht eng), Doktor Oblath hatte mir ja, alles in allem, nur die unverfängliche Frage gestellt, ob ich Kinder habe; allerdings mit der für den Philosophen charakteristischen groben Offenheit, das heißt ohne Feingefühl und auf jeden Fall im ungeeignetsten Augenblick; woher hätte er aber auch wis-

sen können, daß seine Frage mich, nicht zu leugnen, einigermaßen aufwühlt. Daß ich dann auf diese Frage mit meinem aus übertriebener, bis zur Selbstaufgabe übertriebener Höflichkeit stammenden Redezwang antwortete, der mich, während ich sprach, so sehr anwiderte, dennoch aber dies erzählte, dieses

«Nein!» sagte ich augenblicklich, sofort und ohne zu zögern, gewissermaßen instinktiv, weil es inzwischen ganz natürlich ist, daß unsere Instinkte gegen unsere Instinkte arbeiten, daß sozusagen unsere Gegeninstinkte statt unserer Instinkte arbeiten, ja mehr noch, an ihrer Stelle: ja, wegen dieses ganzen törichten Geredes, wegen meiner eigenen, freiwilligen und durch nichts zu begründenden (auch wenn ich eine Unmenge von Gründen habe, die ich zum Teil oben bereits aufgezählt habe, wenn ich mich richtig erinnere) Erniedrigung wollte ich es Doktor Oblath, dem Philosophen, heimzahlen, als ich ihn so beschrieb, wie ich ihn beschrieb, inmitten des verkümmernden Buchenwaldes (oder sei es Lindenhains), obgleich die flache Schirmmütze, der weitgeschnittene Raglan wie auch die schmalen, blaßgrünen Augen und das große, weiche, einem durchgekneteten und schon aufgehenden Hefeteig ähnliche Gesicht – das halte ich weiterhin aufrecht –, jawohl, ganz der Wirklichkeit entsprechen. Es geht bloß darum, daß all dies auch irgendwie anders hätte niedergeschrieben werden können, ausgeglichener, schonender und, ich sage jetzt etwas: vielleicht *liebevoller*, es ist aber zu fürchten, daß ich alles nur mehr so beschreiben kann, mit einer in Sarkasmus getauchten Feder, einer spöttischen, vielleicht auch ein wenig amüsanten (es obliegt mir nicht, dies zu beurteilen), aber in gewisser Hinsicht lahmen Feder, als stieße sie jemand immer zurück, wenn sie sich anschickt, gewisse Worte niederzuschreiben, so daß meine Hand letztlich andere Worte an ihrer Statt schreibt, Worte, aus denen sich einfach nie eine abgerundete, liebevolle Darstellung ergibt, vielleicht einfach deswegen, *weil es zu fürchten ist, daß auch in mir keine Liebe ist*, aber – oh Gott! – wen könnte ich wohl lieben und weshalb denn. Obwohl Doktor Oblath liebenswürdig sprach, derart liebenswürdig, daß sich mir einige seiner markanteren Bemerkungen unauslöschlich (ich hätte fast gesagt: verhängnisvoll) einprägten. Daß er kinderlos sei, sagte er, daß er niemanden habe außer einer alternden und sich mit den Sorgen des Alterns plagenden Gattin, wenn ich ihn richtig verstanden habe, denn der Philosoph drückte sich vager, ich könnte auch sagen: diskreter aus, indem er es mir überließ, zu verstehen, was ich verstehen will, und obwohl ich nicht verstehen wollte, verstand ich doch trotzdem. Da diese

Sache mit seiner Kinderlosigkeit, setzte Doktor Oblath fort, ihm eigentlich erst in der letzten Zeit einfalle, jetzt aber dafür öfter, so habe er hier, auf diesem Waldpfad, eben jetzt gerade darüber nachgedacht, und siehe da, er könne nicht umhin, darüber zu sprechen, vermutlich, weil er auch älter werde und infolgedessen gewisse Möglichkeiten, wie zum Beispiel die Möglichkeit, noch Kinder zu haben, für ihn schon langsam keine Möglichkeiten mehr seien, mehr noch, daß es unmöglich sei und daß er daran erst in diesen Tagen öfter denke, und zwar so, sagte er, «wie an ein Versäumnis». Hier blieb Doktor Oblath auf dem Waldpfad stehen, wir sind mittlerweile nämlich weitergegangen, zwei soziale Wesen, zwei Männer im Herbstlaub, ins Gespräch vertieft, zwei traurige Tupfen auf der Leinwand eines Landschaftsmalers, zwei die wahrscheinlich niemals existente Harmonie der Natur in ihren Grundfesten erschütternde Tupfen, bloß daran erinnere ich mich nicht mehr, ob ich mich Oblath oder ob er sich mir als Begleiter anschließt, daraus werden wir aber doch keine Frage der Eitelkeit machen, ja, natürlich schließe ich mich Doktor Oblath an, wahrscheinlich, um von ihm loszukommen, denn so kann ich, wann es mir gefällt, umkehren; da also blieb Doktor Oblath auf dem Waldpfad stehen, er brachte mit einer einzigen schwermütigen Bewegung

Spannung in sein aufgehendes, stellenweise sogar schon üppig überquellendes Gesicht, er warf nämlich den Kopf mitsamt der kecken, spitzbübischen Mütze in den Nacken und warf seinen Blick, als wäre er ein jämmerliches, zerschlissenes, doch noch in seiner Verlassenheit dienstbereites Kleidungsstück, auf den Ast uns gegenüber. Und indem wir so standen, stumm, ich in der Resultante der Anziehungskraft Oblaths und Oblath in der des Baumes, regte sich ein Gefühl in mir, das mir sagte, daß ich bald Zeuge einer vermutlich vertraulichen Äußerung des Philosophen werden würde; und so kam es auch, als Doktor Oblath endlich sprach und sagte, daß er, wenn er sage, er empfinde das, was geschehen sei, oder eher was nicht geschehen sei, als Versäumnis, so habe er dabei nicht den Gedanken an eine Fortsetzung im Kopf, an diese gewissermaßen abstrakte und, es sei eingestanden, im Grunde doch befriedigende Beruhigung, daß man seine persönlichen und überpersönlichen Angelegenheiten auf Erden erledigt – vielmehr, und das sei es gerade, nicht erledigt – hat, das heißt über die Selbsterhaltung hinaus das Weiterleben, das Überleben dieses seines Daseins, also seines Selbst, verlängert und vervielfältigt in den Nachkommen, das (über die Selbsterhaltung hinaus) als eine, man könne sagen transzendentale, aber doch recht anschauliche Pflicht des Menschen dem Leben gegenüber gilt, damit er sich nicht als verstümmelt, überflüssig und letzten Endes impotent vorkomme; und auch nicht den Gedanken an die bedrohlichen Aussichten eines Alters ohne Stützen, nein, er fürchte sich in Wirklichkeit vor etwas anderem: «vor der Gefühlsverkalkung», so sagte es Doktor Oblath, mit denselben Worten, als er auf dem Waldpfad wieder weiterging, anscheinend unserem Stützpunkt, dem Erholungsheim, entgegen, in Wirklichkeit aber, jetzt wußte ich es bereits, der Gefühlsverkalkung. Und auf diesem seinem Weg wurde ich zu seinem getreuen Begleiter, von seinen erschütternden Worten gebührlich erschüttert, doch an seiner Angst schon weniger Anteil nehmend, an der Angst, die, wie ich fürchte (genauer, worauf ich vertraue, mehr noch: wie ich mit Sicherheit weiß), nur eine augenblickliche und somit auf jeden Fall heilige und gewissermaßen in die Ewigkeit wie in ein Weihwasserbecken einzutauchende Angst ist, denn wir werden uns, wenn sie herantritt, nicht mehr vor ihr fürchten, wir werden uns nicht einmal daran erinnern, daß sie uns einst fürchten machte, denn dann hat sie uns ja bereits überwunden, wir sitzen bis zum Hals in ihr, sie gehört uns und wir gehören ihr. Denn auch das ist nur ein Spatenstich an der Grube, an der Grabesgrube, die ich in die Luft grabe (denn dort liegt man nicht eng), und daher, sage ich, ich spreche aber nicht zum Philosophen, nur zu mir selber, vor der Gefühlsverkalkung muß man sich nicht fürchten, sondern sie annehmen, wenn nicht nachgerade begrüßen, wie eine uns entgegengestreckte helfende Hand, die uns zwar zweifellos näher zur Grube hilft, aber sie hilft: denn, Herr Kappus, *die Welt ist nicht gegen uns, sind Gefahren da, so müssen wir versuchen, sie zu lieben*; obwohl, werfe ich ein, ich spreche aber nicht zum Philosophen und auch nicht zu Herrn Kappus, diesem Glückspilz, der so viele Briefe von Rainer Maria Rilke bekommen konnte, ich spreche nur zu mir selber: ich bin bereits soweit, *nur noch diese Gefahren zu lieben*, und ich glaube, auch das ist nicht so ganz in Ordnung, auch darin ist etwas Falsches, das ich fortwährend höre, wie es auch manche Dirigenten sofort aus dem Tutti heraushören, wenn, nehmen wir an, das Englischhorn wegen eines, nehmen wir an, Druckfehlers in den Noten um einen halben Ton höher ertönt. Diesen falschen Ton höre ich nicht nur in mir, sondern auch um mich herum, ich höre ihn in meiner näheren und weiteren, in meiner sozusagen kosmischen Umgebung höre ich ihn fortwährend, wie auch hier, inmitten der widernatürlichen Natur, umgeben von kranken Eichen (oder Buchen), bei dem übelriechenden Rinnsal und unter dem schmutzfarbenen

Himmel, der durch das schwindsüchtige Laub schimmert, wo ich, lieber Herr Kappus, in keiner Weise die Eingebung der Idee, *Schöpfer zu sein, zu zeugen, zu bilden*, fühle, der Idee, die, nicht wahr, *nichts wäre ohne ihre fortwährende große Bestätigung und Verwirklichung in der Welt, nichts ohne die tausendfältige Zustimmung, die Tieren und Dingen* ... Ja, sie haben uns die Freude vergeblich verdorben (um darüber nur soviel zu sagen), insgeheim, wenn wir stumm und intensiv auf unseren Blutkreislauf und auf unsere schrecklichen Träume achten, insgeheim wollen wir eigentlich – und ich verspüre die allem und allen entströmende tausendstimmige Harmonie nur hierin –, wollen wir noch immer und unerschütterlich leben, auch so schlaff, so freudlos, so krank, ja selbst so und auch dann, wenn wir noch so unfähig sind und wenn es noch so unmöglich ist, zu leben ... Ebendarum, aber auch um nicht irgendwie in dieser gefühligen Stimmung steckenzubleiben, in der ich, wie übrigens fast in allem, oder zumindest fast in allem, an dem auch *ich* teilnehme, wieder einmal den falschen Ton des Englischhorns hörte, stellte ich ihm die wahrlich einschlägig philosophische, wenn auch nicht gerade kluge Frage: Warum das so sei? Diese ganze Gebrechlichkeit? Und wo und wann wir unsere Rechte endgültig « verschissen » hätten? Warum wir derart unerbittlich und endgültig nicht mehr nicht wissen könnten, was wir wissen? Und so weiter, als wüßte ich nicht, was ich weiß, und all dies von meinem nicht zu besiegenden Redezwang, als sei er ein Horror vacui, getrieben: Und jetzt nahm Doktor Oblaths Gesicht den Ausdruck des in Ungarn lebenden mittleren Intellektuellen mittlerer Größe und mittleren Alters mit mittlerem Einkommen, mittleren Ansichten und mittleren Aussichten ein, und seine Augen verschwanden vollkommen in den Falten seines zynisch-glücklichen Lächelns. In seine geölte, an Umschweife gewohnte und eigentlich selbstgewisse Stimme, die ihm zuvor nur wegen der drohenden Nähe lebensvoller Dinge kurz versagt hatte, kehrte auch fast augenblicklich Objektivität zurück, sogar Nüchternheit; und so zogen wir nach Hause, zwei eigentlich gut gekleidete, gut ernährte und recht stattliche mittlere Berufsintellektuelle mittleren Alters und mittlerer Ansichten, zwei Überlebende (jeder von uns auf seine Art), zwei noch immer Lebende, zwei Halbtote, und wir erörterten, was zwischen zwei Intellektuellen noch, ganz überflüssig, erörtert werden kann. Wir erörterten, friedlich und gelangweilt, warum man nicht sein kann; daß die bloße Existenz des Lebens eigentlich eine Unkultiviertheit sei, denn in einem höheren Sinne und aus einem höheren Blickwinkel betrachtet, *dürf-*

te das Sein gar nicht sein, allein schon um dessentwegen nicht, was geschehen ist und was, finden wir uns damit ab, immer neu geschieht, das ist ein durchaus ausreichender Grund, abgesehen davon, daß die kultivierteren Köpfe dem Sein das Sein schon längst verboten haben. Außerdem kam noch zur Sprache – und an alles kann ich mich natürlich nicht erinnern, denn in diesem aus purer Verlegenheit und Zufall zustande gekommenen Gespräch tönten, besser: tönten hohl, Hunderte ähnlicher Gespräche nach, wie auch *in einem Schöpfergedanken tausend vergessene Liebesnächte aufleben und ihn mit Hoheit und Höhe erfüllen* – an alles kann ich mich wirklich nicht erinnern, ich glaube aber, wir sprachen noch über folgendes: Ob es denn nicht möglich sei, daß die gesamte, auf das Leben abzielende und sich unwissend gebende Anstrengung des Seins *keineswegs* das Zeichen irgendeiner unbefangenen Naivität sei, dies sei nun auch als Übertreibung wirklich unmöglich – im Gegenteil, es sei ein Symptom dafür, daß das Sein sich nur so, unwissend, fortsetzen könne, wenn es sich schon um jeden Preis fortsetzen müsse. Und, gesetzt den Fall, es gelänge nun nicht, zu überleben, was natürlich nur *auf einer höheren Ebene* (so Doktor Oblath) gelingen könne, dafür aber gebe es nur (Duett:) nicht nur keinen Schimmer eines Anzeichens, viel eher zeige sich das Gegenteil, nämlich das Versinken in Unwissenheit ... Des weiteren, daß die wissend eingegangene Unwissenheit lediglich die Syndrome der Schizophrenie ... Und noch weiter, daß demzufolge zum Erleben des Weltgeistes (ich) und für seine Realisation (Doktor Oblath), auf die übrigens jeglicher Weltgeist zu jeglicher Zeit ziele, heute mangels Glaubens, Kultur und sonstiger feierlicher Mittel einzig und allein die *Katastrophe* ... Und so weiter, wir stießen immer wieder in das falsch klingende Englischhorn, während sich über die Gipfel der bewegungslos starren Bäume der dünne Dunst der Abenddämmerung senkte, in dessen Mitte sich als dichter Kern die kompaktere Masse des Erholungsheimes verbarg mit der Gewärtigung des gedeckten Tisches und des Abendessens, der alsbald losklappernden Eßbestecke, klirrenden Gläser und der aufkommenden Konversation, und auch aus diesem bloßen Faktum ertönte falsch und wehmütig das Englischhorn; wie ich auch das vor mir nicht verbergen konnte, daß ich dann endlich doch nicht umgekehrt bin, um Doktor Oblath loszuwerden: bis zuletzt blieb ich wie verzaubert und auf Grund meines schlechten Gewissens (meines Ekels), das oder den ich, wer weiß warum, zweifellos aber wegen jener Leere empfand, die ich mit meinem Redezwang zu verdekken suchte, bei ihm, um nichts zu hören, zu sehen und nicht darüber sprechen zu müssen, worüber ich sprechen und, wer weiß, möglicherweise auch hätte schreiben müssen. Ja, und die Nacht bestrafte mich – oder belohnte sie mich? – für all dies, sie brachte die Wende, einen plötzlichen Sturm, tosendes Donnern und wild um sich schlagendes, vielfach aufleuchtendes Blitzen, Hieroglyphen, die im Zickzack das Himmelsgewölbe durchfurchten und verstarben, und hagere, kurzlebige, klar, zumindest für mich klar zu lesende Buchstaben, es waren lauter

«Nein!», die alle ich sagte, weil es inzwischen ganz natürlich ist, daß meine Instinkte gegen meine Instinkte arbeiten, daß gewissermaßen meine Gegeninstinkte statt meiner Instinkte arbeiten, ja mehr noch, an ihrer Stelle.

«Nein!» tobte, heulte es in mir, augenblicklich und sofort, und mein Gewinsel verstarb erst nach langen, langen Jahren zu einem leisen, aber besessenen Schmerz, bis langsam und bösartig wie eine schleichende Krankheit eine Frage in mir immer festere Umrisse annahm – ob du ein dunkeläugiges Mädchen wärst, mit blassen Tupfen verstreuter Sommersprossen um die kleine Nase? Oder ein trotziger Junge mit Augen so fröhlich und hart wie graublauer Kiesel? –, ja, mein Dasein als Möglichkeit deines Seins betrachtet. Die ganze Nacht über habe ich nur diese einzige Frage betrachtet, einmal im gleißenden Licht des Blitzes, dann mit im Dunkel flimmernden Augen, die in den kapriziösen Pausen des atmosphärischen Tobens die Frage gleichsam über die Wände weiterhuschen sahen, so daß ich die Sätze, die ich jetzt auf dieses Papier schreibe, so ansehen muß, als hätte ich sie in jener Nacht geschrieben, obwohl ich in jener Nacht eher lebte als schrieb, ich lebte, das heißt, es durchzuckten mich verschiedenerlei Schmerzen, hauptsächlich die der Erinnerung (ich hatte auch noch eine halbe Flasche Weinbrand), ich schrieb höchstens ein paar verworrene Worte auf die Seiten der Notizhefte, Blöcke, Hefte, die ich ständig bei mir trage, Worte, die ich nachträglich nicht mehr so richtig rekonstruieren konnte, und wenn es mir gelang, so verstand ich sie nicht, später habe ich alles vergessen, und erst nach langen Jahren ist jene Nacht in mir wieder aufgelebt, und wieder mußten Jahre vergehen, bis ich nun versuchen kann niederzuschreiben, was ich in jener Nacht niedergeschrieben hätte, hätte ich etwas niedergeschrieben und wäre eine einzige Nacht nicht ohnehin zu kurz, viel zu kurz gewesen, um all das niederzuschreiben, was ich niederzuschreiben hatte. Und wie hätte ich auch schreiben können, war doch jene Nacht erst der Beginn, vermutlich nicht der allererste, aber jedenfalls einer der ersten Schritte auf dem langen und wer weiß noch wie lang werdenden Weg der wohlbewußten Selbstliquidierung, einer der ersten Spatenstiche zu dem Grab, das ich mir selbst – und das ist bereits sicher – in die Wolken schaufele. Und diese Frage – mein Dasein als Möglichkeit deines Seins betrachtet – erweist sich als guter Leitfaden, ja, es ist, als führtest, schlepptest du mich an deiner zarten kleinen Hand auf diesem Weg, der letztendlich nirgendwohin führen kann, höchstens zu einer ganz vergeblichen und ganz unabänderlichen Selbsterkenntnis, und den ich erst nach der Beseitigung der sich da türmenden Sperren und Hindernisse gehen kann – was heißt «kann», selbst ein «muß» sagt hier nichts aus; und anfangen muß es mit der Beseitigung, sollte ich sagen: mit der radikalen Ausrottung meiner Existenz als mittlerer Intellektueller, auch wenn ich diesen Habitus lediglich als Präservativ benutze wie ein vorsichtiger Promiskuitiver im AIDS-trächtigen Milieu, oder präziser: benutzt habe, denn ich bin schon längst kein mittlerer Intellektueller mehr, ich bin überhaupt kein Intellektueller, ich bin gar nichts, *ich bin als Privatmensch geboren*, sagte J.W.G., ich bin Privatüberlebender geblieben, sage ich, bestenfalls bin ich noch einigermaßen Übersetzer, wenn ich schon bin und sein muß. Solcherart habe ich endlich, trotz der drohenden Umstände, auch die schmachvolle Existenz eines erfolgreichen, in Ungarn lebenden Schriftstellers radikal beseitigt, obwohl meine Frau (die schon lange die Frau eines anderen ist) sagte, du hast dazu jede Eignung (was mich damals auch ein wenig erschreckte), sie sage ja nicht, sagte meine Frau, daß ich meine *künstlerischen* oder irgendwelche sonstigen Prinzipien aufgeben solle, sie sage nur, ich solle nicht *kleinmütig* sein und daß ich, je mehr, oder vielmehr, je weniger ich mich bemühe (meine *künstlerischen* oder irgendwelche sonstigen Prinzipien aufzugeben), mich um so mehr bemühen müsse, diese Prinzipien oder eher mich selbst zur Geltung zu bringen, darum bemühe sich ja jeder, auch die größten Schriftsteller der Welt, mach dir nichts vor, sagte meine Frau, wenn du den Erfolg nicht willst, warum schreibst du dann überhaupt? fragte sie, und das ist ohne Zweifel eine Fangfrage, die Zeit ist aber für mich noch nicht gekommen, um darauf einzugehen; und traurig ist nur, daß sie mich damit wahrscheinlich durchschaut hat, wahrscheinlich hatte sie damit vollkommen recht, wahrscheinlich habe – hatte – ich wirklich alle Anlagen für die schmachvolle Existenz eines erfolgreichen, in Ungarn lebenden Schriftstellers, die durchschaubaren Raffinements dieser Existenz durchschaute ich ja so gut, ich habe – hatte – für dieses Leben die erforderliche Eignung, und wenn nicht, nun, so kann – konnte – ich diese Eignung erwerben, indem ich meine ganze Unsicherheit und totale Existenzangst einfach in eine blinde, skrupellose, erregte und noch nicht einmal so sehr überwältigende, höchstens einigermaßen spektakuläre Selbstanbetung transponiere, zu einer moralisierenden Paranoia und zu einem ununterbrochenen Strafverfahren gegen andere umforme; was aber mehr bedeutet, und das ist noch gefährlicher, hatte ich noch eher die Eignung zu der genauso schmachvollen Existenz eines in Ungarn lebenden, nicht erfolgreichen, vielmehr erfolglosen Schriftstellers, und da stoße ich wieder an meine Frau, die wieder recht hatte, man wird, wenn man den Weg des Erfolgs beschreitet, entweder erfolgreich oder erfolglos, *einen dritten Weg gibt es nicht*, und wahrlich, beide sind, wenn auch auf verschiedene Art, unterschiedslos schmachvoll, und daher flüchtete ich mich für eine Zeit, wie in eine Art Alkoholismus, ganz in die objektive Trance der literarischen Übersetzung ... Und so, wie mir die Worte meiner Frau einfielen, erinnerte ich mich auch an meine Frau, an die ich mich schon sehr lange nicht mehr erinnere, eigentlich auch dann nicht, wenn wir einander, absichtlich oder unabsichtlich, irgendwo treffen, vielleicht eher absichtlich und fast ausnahmslos auf Betreiben meiner (ehemaligen) Frau, die, wie ich annehme, für mich eine mit einem fernen und vollkommen grundlosen Schuldbewußtsein vermengte Nostalgie hegt, so bemerke ich es zumindest, wenn ich es überhaupt bemerke, und dann denke ich, daß sie diese Nostalgie wegen ihrer eigenen Jugend und wegen der paar kurzen Jahre, die sie auf mich verschwendet hat, hegt, wenn sie sie hegt, das vollkommen grundlose Schuldbewußtsein wird hingegen vermutlich durch das unbezweifelbare, aber auch niemals bezweifelte, ebendeshalb gleichsam ohne den gebührenden Widerstand erworbene Bewußtsein ihres Rechts bei ihr ausgelöst, das heißt dadurch, daß ich sie nie und für nichts beschuldigte; aber – oh Gott! – wessen könnte ich sie, wofür hätte ich sie beschuldigen können, vielleicht dafür, daß sie leben will? Und wie mir ihre Worte so einfielen, erinnerte ich mich auch an sie, erinnerte ich mich an meine ganze mißlungene und kurze Ehe, erinnerte mich an meine Ehe und sah sie vor mir, gleichsam auf dem Seziertisch ausgebreitet. Und indem ich die längst erkaltete Leiche meiner Ehe so betrachte, zärtlich, liebend, aber auf jeden Fall mit einer kalten Sachlichkeit, wie ich am liebsten alles betrachte, muß ich mich hüten, aus den oben angeführten Worten meiner Frau irgendwelche billigen, dreckigen kleinen Siege für mich zu schmieden, aus Worten, die ich als Ehepartner, wie soll ich sagen, also mißmutig gehört habe; in dieser alles erleuchtenden Nacht aber, in der ich meine Ehe in einer solchen Entfernung von mir sehe und sie so sehr nicht verstehe, daß sie durch mein Unverständnis endlich einfach und ganz verständlich dargestellt wird, in dieser alles erleuchtenden Nacht also muß ich wissen, daß der *Lebenstrieb* meine Frau diese Worte sprechen ließ, ihr Lebenstrieb hatte meinen Erfolg nötig, um damit den ganz besonderen Mißerfolg, der ihr durch ihre Geburt zuteil geworden war, vergessen zu machen; diesen verhaßten, unverständlichen, unakzeptablen, unmöglichen Mißerfolg, den ich selbst allerdings nicht als Mißerfolg, sondern ganz im Gegenteil sozusagen als eine Glorie, nein, das ist doch übertrieben, sagen wir eher nur als perlmuttschimmernde zerbrechliche Muschelschale der Fleischwerdung im Augenblick unseres Bekanntwerdens an ihr sofort und, um es so zu sagen, ohne mein Zutun bemerkte, als sie irgendwo, in einer Wohnung, auf einer sogenannten Gesellschaft, sich auf einmal aus der schwatzenden Runde löste wie aus einer häßlichen, unförmigen, aber doch verwandten, da wie lebendiges Fleisch atmenden, sich wie kreißend in Wellen ausdehnenden und zusammenziehenden Masse; als sie sich also gleichsam da herausriß und über den blaugrünen Teppich watete, als käme sie über das Meer, so schritt sie, den aufgeschlitzten Leib des Delphins hinter sich lassend, siegreich und doch zaghaft auf mich zu, und ich, ich dachte sofort und, um es so zu sagen, ohne mein Zutun: «Was für eine schöne Jüdin!» ... Und es kommt auch noch heute vor, wenn wir uns, sehr selten und fast ausnahmslos auf Betreiben meiner (ehemaligen) Frau, irgendwo treffen und ich ihren vornübergeneigten Kopf betrachte und ihre dichten, glänzenden Haare, die an den Seiten des Gesichts herabfallen, während sie mir auf dem Kaffeehaustisch nacheinander die Rezepte für Beruhigungsmittel, Schlafpulver, Tranquilizer und Blödmacher ausstellt, damit ich es noch aushalte, solange ich es aushalten muß, und, wenn ich es schon aushalten muß, damit ich das, was ich sehen, hören und fühlen muß, wenigstens betäubt sehe, höre und fühle, denn, und das habe ich noch nicht gesagt, doch wozu sollte ich es auch sagen, ich weiß es doch sehr wohl, warum tue ich also so, als beträfen diese Aufzeichnungen außer mir noch andere, auch wenn sie natürlich andere betreffen, ich schreibe, weil ich schreiben muß, und wenn wir schreiben, führen wir einen *Dialog*, so las ich irgendwo, solange es noch Gott gab, führten wir wahrscheinlich mit ihm einen *Dialog*, jetzt, da es ihn nicht mehr gibt, führt man höchstwahrscheinlich nur mit den anderen Menschen *Dialoge* oder, im besseren Fall, nur noch mit sich selbst, das heißt, man spricht oder murmelt vor sich hin, je nach Belieben, was ich also noch nicht erwähnt habe, ist, daß meine Frau (schon lange die Frau eines anderen) Ärztin ist, nun, nicht so sehr ernst zu nehmen, das hätte ich nicht ausgehalten, nicht einmal kurzfristig, sie ist bloß Hautärztin, obwohl sie es ernst nimmt, wie auch sonst alles; ja, und während sie meine Rezepte ausstellt (denn so hinterhältig und niederträchtig beute ich sie aus und profitiere von unseren gelegentlichen und ganz unschuldigen Rendezvous), denke ich mir auch jetzt noch: «Was für eine schöne Jüdin!» Oh, wie aber denke ich das jetzt schon, matt und mich selbst und sie bedauernd, alle und alles bedauernd, nicht so, gar nicht so, wie ich es damals gedacht habe: «Was für eine schöne Jüdin!»: ja, so, wie ich es damals dachte, selbstverständlich und niederträchtig, mit einem stechenden Gefühl in meinem männlichen Organ, wie ein machistischer Schuft, ein Pogromist oder alle die anderen niederträchtigen Kerle, die dergleichen denken: was für eine schöne Zigeunerin, eine klasse Negerin, die Französinnen, eine mit Brille, mannomann, die mit dem großen Busen, die mit dem großen Arsch, die mit dem kleinen Busen und dem großen Arsch und so weiter und so weiter. Und falls ich es noch nicht gewußt hatte, so wurde ich darüber aufgeklärt, daß nicht nur machistische Schufte, nein, *keineswegs* nur sie, keine Rede, nein, daß auch weibliche Machos genauso denken, aber *genauso* – oder genauso, aber andersherum, was zu guter Letzt auf dasselbe herausläuft, wie ich vor längerer Zeit in einem Café mit Aquarienbeleuchtung belehrt wurde, wo ich gerade auf meine (ehemalige) Frau wartete und wo am Nebentisch zwei Frauen, zwei junge, schöne Frauen, sich unterhielten, und auf einmal kippte meine Welt um ihre Achse, aber wie im eigentlichen Sinn des Wortes, ein plötzliches, magenverengendes Gefühl des Stürzens zwang mich, eine Kehrtwendung zu machen, warf mich in meine ferne Kindheit zurück und in eine meiner uralten Zwangsvorstellungen, deren Ursprung, wie soll ich sagen, ein verblüffender, jedoch lebenslängliche Verblüffung erzeugender Anblick war, ein Anblick, mit dem ich mich später, wer weiß warum, denn wer durchschaute schon die durchsichtigen Geheimnisse der Seele und wer, der sie durchschaut, trachtete nicht, sich davon zu befreien, denn sie sind nicht nur abstoßend, sondern auch langweilig, mit diesem Anblick also identifizierte ich mich später manches Mal, so sehr, daß ich schon zu spüren meinte, wie ich, wenn auch nicht ganz *wirklich*, um dieses nichtssagende Wortbild zu gebrauchen, nun, aber doch vom Gefühl her, wie ich selbst zu dem

Erblickten wurde, daß das Erblickte *ich* war, so wie ich es in einem staubigen, stickigen Dorf der Tiefebene erblickt hatte, wohin ich in den Sommerferien geschickt worden war. Ja, und da lebte ich das erste Mal unter Juden, ich meine unter echten Juden, nicht unter Juden, wie wir es waren, Stadtjuden, Pester Juden, das heißt eigentlich Nichtjuden, aber natürlich auch nicht Christen, eine Art nichtjüdischer Juden, die das Fasten am Versöhnungstag doch noch halten, zumindest jedenfalls bis Mittag, nein, die Tante und der Onkel, Verwandte (ich erinnere mich nicht mehr, wie sie mit uns verwandt waren, wozu sollte ich mich auch erinnern, man hat ihnen schon längst ein Grab in die Luft gegraben, wohin sie als Rauch aufstiegen), sie waren echte Juden, Gebet am Morgen, Gebet am Abend, Gebet vor dem Essen, Segen über den Wein, sonst waren sie rechtschaffene Leute, für einen Knaben aus Pest waren sie natürlich unerträglich langweilig, es gab schweres, fettes Essen, Gänsebraten, Tscholent, Stollen, ich glaube, der Krieg war schon ausgebrochen, *bei uns* aber war alles noch ruhig und schön, hier wurde bloß die Verdunkelung geübt, Ungarn als Insel des Friedens im flammenden Europa, *hier kann das nicht geschehen*, was, sagen wir, in Deutschland oder Polen oder sagen wir im «Protektorat Böhmen» oder in Frankreich oder in Kroatien oder in der Slowakei, was so rundherum überall geschah und ununterbrochen geschieht, nein, hier kann das nicht geschehen, aber woher denn; ja, und eines Morgens betrat ich sorglos das Schlafzimmer, um mich darauf sofort, nicht laut, nur innerlich schreiend, zurückzuziehen, denn ich sah etwas Schauerliches, das auf mich wie eine Obszönität wirkte, etwas, worauf ich schon allein auf Grund meines Alters nicht gefaßt sein konnte: *Es saß eine kahlköpfige Frau in einem roten Morgenrock vor dem Spiegel.* Und es mußte Zeit verstreichen, bis mein erschreckter und verstörter Kopf diese Frau mit der Tante identifizierte, die ich übrigens sonst immer und auch sofort nach dem Ereignis mit eigenartig dünnen und steifen, sonst aber normalen, ins Rote spielenden braunen Haaren sah; ich wagte damals nicht einmal zu mucksen, geschweige denn Fragen zu stellen, ich setzte alle Kraft in die Hoffnung, daß sie es doch nicht gesehen habe, daß ich sie gesehen hatte, ich lebte in einer dunklen, dichten Atmosphäre von Entsetzen, von Geheimnissen, die Tante erweckte mit ihrem entkleideten, dem einer Schaufensterpuppe gleichenden, glänzenden Kopf einmal die Vorstellung einer Leiche, dann die der Großen Hure, zu der sie des Nachts im Schlafzimmer wird; und erst viel später, und natürlich erst wieder daheim, wagte ich anzuregen, zu fragen, ob ich das, was ich gesehen hatte, auch richtig gesehen hätte, denn ich selbst fing schon an, daran zu zweifeln; und das lachende Gesicht meines Vaters beruhigte mich dann überhaupt nicht, denn mir kam dieses Lachen, ich weiß nicht warum, frivol vor, frivol und zerstörerisch, wenn auch nur selbstzerstörerisch, obwohl diese Worte mir damals, ich war ja noch ein Kind, noch fremd waren, ich fand sein Lachen einfach blödsinnig, weil er meinen Schrecken, mein Entsetzen nicht erfaßte, die erste große, denkwürdige Metamorphose meines Lebens: an Stelle der gewohnten Tante *saß eine kahlköpfige Frau in einem roten Morgenrock vor dem Spiegel*, nein, er hat diesen Schrecken gar nicht verstanden, statt dessen hat er ihn, wenn auch außerordentlich gemütlich, um weitere Schrecken vermehrt, indem er ihn erklärte und ich von dieser Erklärung gar nichts verstand, bloß die unsauberen Schrecken der Tatsachen, genauer die nackte, geheimnisvolle und unergründliche Tatsächlichkeit der Tatsachen, als er erklärte, die Tante und die Verwandtschaft seien *polische* und daß die *polischen* Frauen sich aus religiösen Gründen kahlschören und eine Perücke, *Schatli* genannt, trügen; später dann, als es immer wichtiger wurde, daß ich auch Jude bin, denn es wurde ja langsam offenbar, daß dies im allgemeinen mit dem Tode bestraft wird, habe ich, wahrscheinlich nur um diese unfaßbare und sonderbare Tatsache – nämlich, daß ich Jude bin – in ihrer notwendigen Sonderlichkeit oder zumindest in einem bekannteren Lichte zu sehen, mich auf einmal dabei ertappt, daß ich schon sehr wohl wußte, was ich bin: *eine kahlköpfige Frau in einem roten Morgenrock vor dem Spiegel.* Das war eine klare Sache, wenn auch nicht angenehm, und insbesondere nicht sehr verständlich, meine gar nicht angenehme und insbesondere nicht sehr verständliche Lage, um nicht zu sagen meine Zugehörigkeit, wurde aber dadurch letzten Endes doch ausgezeichnet definiert, das ist nicht zu leugnen. Schließlich hat es sich doch ergeben, daß ich die Definition nicht benötigte, ganz einfach deshalb, weil ich mit diesem Gedanken, dem Gedanken meines Judentums, Frieden schloß, wiewohl ich auch dabei bin, mit den anderen, nicht angenehmen und insbesondere nicht leicht verständlichen Gedanken nach und nach, schön langsam und nacheinander, Frieden zu schließen, den gewissen Frieden der Abenddämmerung natürlich, wohl wissend, daß diese nicht angenehmen und insbesondere nicht leicht verständlichen Gedanken auch aufhören werden, wenn ich zu existieren aufhöre, bis dahin sind aber diese Gedanken überaus gut zu gebrauchen, unter ihnen natürlich in erster Linie der Gedanke meines Judentums als eines nicht angenehmen und insbesondere nicht leicht verständlichen Tatbestands, der noch dazu zuweilen etwas lebensgefährlich ist, aber für mich (und ich hoffe, ja ich vertraue darauf, daß mir hier *keineswegs* jeder beipflichten wird, ich glaube, daß es einige geben wird, die böse auf mich werden, ja ich hoffe sogar ehrlich, daß sie mich geradewegs verabscheuen werden, besonders die jüdischen und nichtjüdischen Philo- und Antisemiten), für mich liegt, wie ich schon sagte, die Brauchbarkeit der Sache gerade darin, ich kann sie nur so brauchen und nicht anders: als einen nicht angenehmen und insbesondere nicht leicht verständlichen Tatbestand, der noch dazu zuweilen etwas lebensgefährlich ist, den wir vielleicht ganz allein nur auf Grund seiner Gefährlichkeit *versuchen müssen zu lieben*, wie wir wissen, obwohl, was mich betrifft, ich überhaupt keinen Grund dazu sehe, vielleicht deshalb nicht, weil ich schon lange nicht mehr danach strebe, mit den Menschen, der Natur oder auch nur mit mir selbst in Einklang zu leben, ich sähe darin viel eher eine Art moralischen Elends, eine widerwärtige Perversität, wie in einem ödipalen Verhältnis oder in einer blutschänderischen Beziehung zwischen zwei häßlichen Geschwistern. Ja, so saß ich nun und wartete auf meine – ehemalige – Frau in dem Café mit der Aquarienbeleuchtung, hoffte auf eine Unmenge neuer

Rezepte und dachte überhaupt nicht an meine unangenehme und hauptsächlich nicht besonders verständliche, noch dazu zuweilen lebensgefährliche Existenz, während sich am Nebentisch zwei Frauen unterhielten und ich, sozusagen automatisch, zu lauschen begann, weil sie schöne Frauen waren, die eine eher blond, die andere eher brünett, und vergeblich wurde mir so oft die Freude verdorben (um darüber nur soviel zu sagen), insgeheim, wenn ich stumm und intensiv auf meinen Blutkreislauf und auf meine erschreckenden Träume achte, insgeheim liebe ich noch immer die schönen Frauen, auch so noch, liebe sie mit einer unerschütterlichen, unangreifbaren, sagen wir natürlichen Neigung, die dennoch, und vergeblich will sie so banal verständlich erscheinen, ihrem Wesen nach mysteriös ist, weil sie von mir fast unabhängig existiert und insofern auch noch empörend und keineswegs so einfach abzuhandeln ist, wie, sagen wir, meine Liebe zu den Platanen, die ich einfach wegen ihrer mächtigen gefleckten Stämme, wegen ihrer beeindruckenden und phantastischen Äste und wegen ihrer großen geäderten Blätter liebe, die zu entsprechender Jahreszeit wie verzagte Hände herniederhängen. Und kaum daß ich mich, wenn auch nur als passiver Teilnehmer, in ihr Gespräch eingeschaltet hatte, dessen vertraulicher, man könnte sagen schwül aufgeladener, flüsternder Ton sofort ein bedeutsames Thema erahnen ließ, hörte ich bereits diese Worte: « ... also ich weiß nicht, ich könnte nicht mit einem Fremden ... mit einem Neger, einem Zigeuner, einem Araber ... », hier brach die Stimme ab, ich fühlte aber, daß sie nur zögerte, auch mein Rhythmusgefühl deutete mir an, daß sie noch nicht fertig war, bestimmt nicht, etwas mußte noch kommen, und ich begann bereits auf meinem Stuhl herumzurutschen, denn ich wußte natürlich wohl, was noch kommen mußte, ich dachte, wenn sie sich so lange den Kopf zerbrechen muß, dann souffliere ich ihr gleich, und dann fügte sie endlich mühsam an: « ... mit einem Juden», und dann, auf einmal, kippte meine Welt mit einem plötzlichen, magenverengenden Gefühl doch um ihre Achse, vollkommen unerwartet, obwohl ich mit diesem Wort gerechnet, darauf gewartet, darauf gelauert, es fast gefordert hatte, und ich dachte, wenn mich diese Frau jetzt ansieht, verändere ich mich: *in eine kahlköpfige Frau in einem roten Morgenrock vor dem Spiegel*, vor diesem Fluch gibt es, dachte ich, keine Rettung, keine, dachte ich, und ich sehe nur einen einzigen Ausweg, dachte ich, wenn ich sofort vom Tisch aufstehe und, dachte ich, diese Frau entweder ohrfeige oder ficke. Müßig zu sagen, daß ich keines von beiden tat, wie auch so vieles andere nicht, von dem ich dachte, und oft mit Grund, daß ich es tun müsse, und das gehörte noch nicht einmal zu jenen kategorischen Imperativen, deren Verletzung mich mit mehr Berechtigung den Kopf schütteln läßt; meine Erregung war, kaum erwacht, schon wieder erloschen, und nebenbei nahten sich mir wieder, schwankende Gestalten, ein paar abscheuliche, doch auch vertraute Gedanken – weshalb sollte ich diese beiden Frauen von irgend etwas überzeugen oder auch mich selbst, bin ich doch schon längst von allem überzeugt, ich tue, was ich tun muß, obzwar ich nicht weiß, warum ich es muß, tue ich es doch in der Hoffnung, sogar im Bewußtsein, daß ich einmal nicht mehr müssen muß und mich auf meiner geräumigen Liegestatt ausstrecken darf, natürlich erst, nachdem ich hart dafür arbeiten mußte, man hat mich hervorgepfiffen, daß ich mir ein Grab schaufele, und jetzt, obwohl schon so viel Zeit verstrichen ist – oh Gott!, bin ich noch immer beim Schaufeln. Dann kam auch meine Frau an, und ich dachte mit gelösteren Gefühlen sofort und gewissermaßen ohne mein Zutun: «Was für eine schöne Jüdin!», wie sie über den blaugrünen Teppich watete, als käme sie über das Meer, und siegreich, aber doch zaghaft auf mich zuschritt, sie wollte nämlich mit mir sprechen, weil sie erfahren hatte, daß ich ich sei, B., der Schriftsteller und Übersetzer, von dem sie «etwas» gelesen habe, über das sie *unbedingt* mit mir reden müsse, sagte meine (damals noch zukünftige, heute bereits ehemalige) Frau, und sie war noch ganz jung, sie war fünfzehn Jahre jünger als ich, der ich damals auch noch nicht richtig alt war, obwohl ich auch damals bereits alt genug war, wie immer. Ja, so sehe ich sie jetzt, in meiner Nacht, in meiner alles erleuchtenden, von Blitzen erhellten großen Nacht, und auch in der mich später, viel später bedeckenden dunklen Nacht, ja: *I wonder why I spend my lonely nights dreaming of the song ... and I am again with you*, pfeife ich vor mich hin, erstaunt darüber, daß ich überhaupt pfeife, und noch dazu die Stardust Melody, die wir immer gepfiffen haben, obwohl ich doch nur mehr Gustav Mahler pfeife, ausschließlich Gustav Mahler, die Neunte Symphonie. Ich fühle aber, daß das ganz nebensächlich ist. Wenn nicht jemand zufällig die Neunte Symphonie von Gustav Mahler kennt, aus deren Stimmung er dann mit Recht und vollkommen begründet auf meine seelische Einstellung schließen könnte, falls er gerade darauf neugierig sein sollte, und wenn ihm die von mir stammenden unmittelbaren Mitteilungen nicht ausreichen, aus denen ja die notwendigen Schlußfolgerungen ohnehin abgeleitet werden können. *When our love was new and each kiss a revelation ...*

«Nein!» tobt, heult es in mir, ich will mich nicht erinnern, will nicht, sagen wir, anstelle der hier, in dieser unwirtlichen Gegend, nicht einmal als Mangelware bekannten Madeleine Babybiskuits in die «Garçon»-Beutelteemischung tauchen, wenngleich ich mich natürlich erinnern will, nun ja, ob ich will oder nicht will, ich kann nicht anders; wenn ich schreibe, erinnere ich mich, muß ich mich erinnern, auch wenn ich nicht weiß, warum ich mich erinnern muß, es hängt offensichtlich mit dem Wissen zusammen, Erinnerung ist Wissen, wir leben, um uns an dieses unser Wissen zu erinnern, weil wir nicht vergessen können, was wir wissen, nur keine Angst, Kinder, nicht aus irgendeiner «moralischen Verpflichtung», nein, ich bitte euch, *es steht uns einfach nicht frei*, wir *können* nicht vergessen, wir sind so geschaffen, wir leben, um zu wissen und um uns zu erinnern, und vielleicht, oder gar wahrscheinlich, mehr noch: fast gewiß wissen wir und erinnern wir uns aus dem Grund, damit irgend jemand – wer er auch immer sei – sich wegen uns schäme, wenn er uns schon erschaffen hat, ja, wir erinnern uns für ihn, den es entweder gibt oder nicht gibt, das ist aber doch einerlei, denn ob es ihn gibt oder nicht: es läuft letztendlich auf dasselbe hinaus, das Wesentliche ist, daß wir uns erinnern, daß wir wissen und uns erinnern, damit sich jemand – irgend jemand – wegen uns und (vielleicht) für uns schämt. Denn, was mich betrifft, finge ich erst einmal damit an, so würde aus meinen privilegierten, aus meinen feierlichen, fast hätte ich gesagt aus meinen geheiligten, und wenn wir schon große Worte benützen, so sei es: in der Schwarzen Messe der Menschheit geheiligten, sogar geweihten Erinnerungen würde Gas sickern, harte Kehllaute würden schnarren: *der springt noch auf*, das letzte *Sch'ma Israel* des Überlebenden aus Warschau würde verröcheln, und dann würde das Getöse des Weltenendes erdröhnen ... Und dann würde leise die täglich sich erneuernde, sagen wir sich verbergende Überraschung herabrieseln: siehe da, ich bin doch aufgesprungen, ich bin sogar noch immer da, obwohl ich nicht weiß, warum, zufällig, wie ich geboren wurde, ich bin genauso nur ein Komplize meines Überlebens wie meiner Geburt, nun gut, ich gebe zu, im Überleben steckt ein wenig mehr Schande als in der Geburt, insbesondere, wenn wir für unser Überleben auch noch alles uns Mögliche getan haben: aber das ist alles, nichts mehr, ich war nicht gewillt, naiv der allgemeinen Überlebensaffektiertheit und dem protzenden Maulaufreißen auf den Leim zu gehen, oh Gott!, *irgendwie kann man immer ein bißchen dafür*, das ist alles, ich habe überlebt, also bin ich, dachte ich, nein, ich dachte überhaupt nichts, ich war einfach nur, wie der Überlebende aus Warschau, ein Übriggebliebener aus Budapest, der aus seinem Überleben kein Aufhebens macht, dem es nicht notwendig erscheint, sein Überleben zu rechtfertigen, an sein Überleben Zielvorstellungen zu knüpfen, ja sein Überleben in Triumph umzusetzen, sei es nun in einen noch so stillen, noch so diskreten und intimen, aber im wesentlichen doch den einzig *wahren*, in den einzig *möglichen* Triumph, der das verlängerte und vervielfachte Weiterleben, das Überleben dieses Überlebens, also meines in den Nachkommen – in einem Nachkommen – in dir – wäre – gewesen wäre – nein, ich habe nicht daran gedacht, ich dachte nicht, daran denken zu müssen, bis diese Nacht über mich hereingebrochen ist, diese alles erhellende und doch stockdunkle Nacht, bis diese Frage sich vor mir erhob (genauer hinter mir, hinter meinem längst gelebten Leben, denn es ist, Gott sei Dank, zu spät, und es wird immer schon zu spät sein), die Frage, ja – ob du ein dunkeläugiges Mädchen wärst, mit blassen Tupfen verstreuter Sommersprossen um die kleine Nase? Oder ein trotziger Junge mit Augen, so fröhlich und hart wie graublauer Kiesel? – ja, *mein Dasein als Möglichkeit deines Seins betrachtet*, überhaupt betrachtet, streng und traurig betrachtet, ohne Zorn und ohne Hoffnung, so wie man einen Gegenstand betrachtet. Wie gesagt, ich habe an nichts gedacht, obwohl ich, wie gesagt, an etwas hätte denken müssen. Denn im Geheimen vollzieht sich da eine gewisse Maulwurfsarbeit, es wird gewühlt und untergraben, und ich hätte davon wissen müssen, und ich wußte natürlich auch davon, nur habe ich es für etwas anderes gehalten, als es in Wirklichkeit war, für was hielt ich es wohl?, ich weiß nicht, doch ich habe den Verdacht, daß ich es ebenso für irgendeine Art ermutigender Betriebsamkeit hielt, wie jener blinde Alte das Klingen und Schaben der Spaten für landerobernde Kanalisierungsarbeiten hielt, während dort ein Grab, noch dazu sein Grab gegraben wurde. Ich habe mich also dabei ertappt, daß ich schreibe, weil ich schreiben muß, wenn ich auch nicht weiß, warum, Tatsache ist, daß ich überrascht bemerkte, daß ich ununterbrochen und mit einem wahnwitzigen Fleiß arbeite, immerzu nur arbeite, und dazu zwingt mich nicht nur das Fortkommen; wenn ich nicht arbeiten würde, dann *lebte* ich, und wenn ich lebte, nun, ich weiß nicht, wozu mich das zwänge, und es ist auch besser, das nicht zu wissen, wenngleich meine Zellen, mein Eingeweide es sicherlich ahnen, deshalb arbeite ich ja ununterbrochen: solange ich arbeite, bin ich, wenn ich nicht arbeitete, wer weiß, ob ich überhaupt wäre, also nehme ich es ernst, und ich muß es auch ernst nehmen, da es zwischen meiner Arbeit und meinem Fortbestehen die allerernstesten Zusammenhänge gibt, das ist eine ganz offenkundige und keineswegs normale Sache, selbst wenn es andere gibt, noch dazu recht zahlreich, die ebenfalls schreiben, weil sie schreiben müssen, doch muß nicht ein jeder schreiben, der schreibt; ich mußte, wirklich und wahrhaftig, schreiben, ich weiß nicht, warum, es scheint, mir bot sich nur diese eine Lösung an, auch wenn sie nichts löst, sie beläßt mich aber andererseits nicht in dieser, nun, wie soll ich sagen, in der Qualität der Ungelöstheit, die ich auch als Ungelöstheit noch als ungelöst empfinden müßte, so daß mich infolgedessen, abgesehen von der Ungelöstheit, auch noch das Unzureichende dieser Ungelöstheit und die Unzufriedenheit über dieses Unzureichende quälen würden. Rückblickend: ich hielt das Schreiben vielleicht für eine Flucht (und nicht ganz grundlos, ich wollte vielleicht in eine andere Richtung, zu einem anderen Ziel hin flüchten als zu dem, zu dem ich wirklich flüchtete und auch noch heute flüchte und flüchte), für eine Flucht, sogar für eine Rettung – für die Rettung meiner selbst und durch mich meiner gegenständlichen und sogar, um große Worte zu gebrauchen, meiner geistigen Welt und deren unerläßlich notwendiges *Aufzeigen* für jemand – irgend jemand –, der sich wegen uns und (vielleicht) für uns schämt; und diese Nacht mußte kommen, damit ich in der Dunkelheit endlich sehe, unter anderem auch die Natur meiner Arbeit sehe, die eigentlich nichts anderes ist als ein Schaufeln, das Weiterschaufeln an jenem Grab, das andere für mich anfingen, in die Luft zu graben, um mir dann, einfach weil sie keine Zeit mehr hatten, es zu vollenden, beiläufig und ganz ohne teuflischen Hohn, ach wo, ganz flüchtig und ohne sich umzusehen, das Werkzeug in die Hand zu drücken und mich damit stehenzulassen, auf daß ich die von ihnen begonnene Arbeit, so gut ich kann, vollende. So waren alle meine Erkenntnisse nur zu dieser Erkenntnis hinführende Erkenntnisse, und alles, was ich tat, wurde in mir nur zu Erkenntnis, die mich zu dieser Erkenntnis führte, meine Ehe ebenso wie dies, daß ich

«Nein!» sagte, augenblicklich, sofort und ohne zu zögern, gewissermaßen instinktiv, ja, noch instinktiv, einstweilen nur instinktiv, wenn auch mit Instinkten, die gegen meine natürlichen Instinkte arbeiten, aber bereits zu meinen natürlichen Instinkten, ja mehr noch, zu meiner Natur werden geworden sind –; dieses «Nein» war also keine Entscheidung, so als könnte ich mich, sagen wir, frei für «ja» oder «nein» entscheiden – als hätte ich frei entscheiden können –, nein, dieses «Nein», diese Entscheidung war eine Erkenntnis, keine Entscheidung, die ich traf oder treffen könnte, vielmehr eine, die *über mich* gefällt wurde, oder eher gar keine Entscheidung, sondern das Erkennen meines Urteils, es kann höchstens insoweit als Entscheidung angesehen werden, als ich mich nicht gegen die Entscheidung entschieden habe, dies wäre, zweifellos, eine verfehlte Entscheidung gewesen, denn wie kann der Mensch gegen sein Schicksal entscheiden, um diesen großsprecherischen Ausdruck zu gebrauchen, wobei wir darunter, nämlich unter Schicksal, meistens das verstehen, was wir am wenigsten verstehen, nämlich uns selbst, diesen heimtückischen, fortwährend gegen uns wirkenden Faktor, den wir so, fremd und verfremdet, uns vor seiner Macht gleichsam mit Abscheu verneigend, doch am einfachsten unser Schicksal nennen. Und wenn ich mein Leben nicht nur als eine auf den willkürlichen Zufall meiner Geburt folgende Aneinanderreihung weiterer willkürlicher Zufälle sehen möchte, was eine wirklich, wie soll ich sagen, eine ziemlich unwürdige Betrachtungsweise des Lebens wäre, sondern vielmehr als eine Aneinanderreihung von Erkenntnissen, in denen mein Stolz, zumindest mein Stolz Befriedigung findet, dann wird die Frage, die in Anwesenheit Doktor Oblaths, ich könnte sagen unter der Assistenz von Doktor Oblath,

Umrisse erhalten hat: *mein Dasein als Möglichkeit deines Seins betrachtet*, im Lichte der aneinandergereihten Erkenntnisse und im Schatten der ablaufenden Zeit nun ein für allemal wie folgt verändert: *Dein Nicht-Sein als radikale und notwendige Liquidierung meines Seins betrachtet.* Denn allein so hat alles, was geschah, was ich tat und was mir angetan wurde, einen Sinn, allein so hat mein sinnloses Leben einen Sinn, und auch das, was ich fortsetze, was ich begonnen habe, nämlich leben und schreiben, einerlei was, beides zugleich, denn mein Spaten ist der Kugelschreiber, wenn ich nach vorn blikke, sehe ich ausschließlich nach hinten, wenn ich auf das Papier starre, sehe ich ausschließlich in die Vergangenheit: *sie watete über einen blaugrünen Teppich, als käme sie über das Meer*, sie wollte nämlich mit mir sprechen, weil sie erfahren hatte, daß ich ich sei, B., Schriftsteller und Übersetzer, von dem sie «etwas» gelesen habe, worüber sie *unbedingt* mit mir reden müsse, sagte sie, und wir redeten auch, bis wir uns ins Bett geredet hatten – oh Gott! –, und wir redeten auch danach und dabei, wir redeten ununterbrochen. Ja. Und ich erinnere mich, sie begann damit, daß sie fragte, ob ich das, was ich vorhin in der Hitze der Diskussion gesagt hätte, auch ernst gemeint hätte, ich sagte, daß ich nicht wisse, was ich gesagt hätte, wie ich es ja auch nicht wußte, ich hatte so vieles gesagt, und ich war im Begriffe, mich unbemerkt, wie man so sagt «auf französisch», zu empfehlen, weil mich die Diskussion von vorher gereizt und gelangweilt hatte, bei der ich das Gesagte, getrieben von meinem gewohnten und gehaßten Redezwang, sagte, getrieben von jenem Redezwang, der mich zumeist dann überfällt, wenn ich schweigen möchte, wobei mein Redezwang nichts anderes ist als ein lautes Schweigen, ein artikuliertes Schweigen, wenn ich dieses Paradoxon weiter ausbauen darf: ich bat sie also, mich zu erinnern, und sie bezeichnete fast streng, aggressiv und im ganzen irgendwie dunkel und beklommen erregt, mit einer gedämpften, rauchigen Stimme einige Anhaltspunkte – eine in intellektuelle Sphären transponierte oder sublimierte oder ganz einfach durch eine intellektuelle Sphäre getarnte sexuelle Ladung, so dachte ich lässig und mit jener Unfehlbarkeit, mit der wir zu irren pflegen, mit jener entschlossenen Blindheit, die uns immer hindert, in dem Augenblick die Fortsetzung zu erkennen, im Zufall die Konsequenz, im Treffen die Kollision, aus der sich zumindest der eine als Wrack weiterschleppen wird, eine sexuelle Ladung, dachte ich, kreatürlich und niederträchtig, ganz einfach, wie wir unsere eigene sexuelle Ladung transponieren, sublimieren oder tarnen. Ja, und gerade jetzt, in meiner tiefen, dunklen Nacht, jetzt sehe ich eher als hörte ich diese Konversation der Gesellschaft, ich sehe die melancholischen Gesichter um mich herum, aber nur als Theatermasken mit ihren jeweiligen Rollen, die des Lachenden und des Weinenden, des Wolfes und des Lammes, des Affen, des Bären, des Krokodils, und dieses Gezücht rumorte leise, wie in einem letzten großen Sumpf, wo die Protagonisten, wie in einer Äsopschen Horrorgeschichte, noch die letzte Konsequenz aus der Geschichte ziehen, und jemand kam auf den melancholischen Einfall, jeder möge sagen, *wo er war*, worauf die Namen, wie kraftlose, vereinzelte Tropfen aus einer vorübergezogenen Wolke, zu fallen begannen: Mauthausen, Donbogen, Recsk, Sibirien, das Sammelgefängnis, Ravensbrück, die Fö utca, Andrássy út 60, die Namen der Deportationsdörfer, die Gefängnisse nach 1956, Buchenwald, Kistarcsa, und schon fürchtete ich, an die Reihe zu kommen, als mir zum Glück jemand zuvorkam: « Auschwitz », sagte jemand im bescheidenen, aber selbstsicheren Tonfall des Siegers, und die Gesellschaft nickte: «Unschlagbar», so quittierte auch der Hausherr mit einem halb neidischen, halb übelnehmenden, aber zu guter Letzt doch anerkennenden Lächeln. Dann tauchte ein damaliger Bestsellertitel auf und ein Bestsellersatz aus dem Buch, Bestseller damals wie heute und wie sicher immer und ewig, der Autor sprach ihn nach dem gebührenden, aber natürlich vergeblichen Räuspern, heiser und von Ergriffenheit bewegt aus: «Für Auschwitz gibt es keine Erklärung», so, kurz und bewegt, leise und mit versagender Stimme, und ich erinnere mich an mein Erstaunen, wie diese Gesellschaft, die meisten doch recht gewieft, diesen einfältigen Satz aufgenommen, analysiert, diskutiert hat, wobei sie hinter ihren Masken mit einem pfiffigen oder unentschlossenen oder unverständigen Blinzeln hin und her lugten, als sage dieser alle Aussagen im Keime erstickende Aussagesatz irgend etwas aus, obwohl man nicht gerade ein Wittgenstein zu sein braucht, um zu erkennen, daß der Satz schon in puncto sprachlicher Logik falsch ist, daß sich in ihm höchstens Wünsche, verlogene oder ehrliche kindliche Moralität und verschiedene verdrängte Komplexe spiegeln, davon abgesehen aber besitzt der Satz keinen Aussagewert. Ich glaube, das habe ich auch gesagt, dann habe ich aber nur mehr geredet, geredet, unaufhaltsam, wie von Logorrhöe befallen, von Zeit zu Zeit wurde ich Frauenaugen gewahr, die sich an mir, als wollten sie eine Quelle in mir zum Sprudeln bringen, festgesogen hatten, das fiel mir mitten in meiner zwanghaften Redesucht ein, flüchtig und wahrscheinlich verfehlt, höchstens Wünsche und verschiedene verdrängte Komplexe spiegelnd, dies also fiel mir ein, sage ich: sie war es, meine spätere Frau, zuvor meine Geliebte, die ich aber erst nach diesem Gespräch erkannte, als ich, müde, beschämt und alles vergessend, mich unbemerkt (wie man so sagt, «auf französisch») zu empfehlen begann, und sie watete über einen blaugrünen Teppich, als käme sie über das Meer. Auch daran, was ich gesagt habe, erinnere ich mich nicht, offenkundig habe ich meiner Meinung Ausdruck verliehen, die sich offenkundig seitdem, wenn überhaupt, auch nicht sehr geändert haben kann, doch ich glaube, daß sich meine Meinung überhaupt nicht geändert hat, bloß verleihe ich ihr heutzutage seltener Ausdruck, daher mögen meine leichten Zweifel an meiner Meinung stammen; wozu, für wen und vor allem: wo sollte ich meiner Meinung aber auch Ausdruck verleihen, ich bewohne doch nicht ständig irgendwelche Erholungsheime in Mittelgebirgen, um mir in der Gesellschaft eines Doktor Oblath und hoher Intellekte vom gleichen Schlag mit dem Ausdrücken von Meinungen die nicht verstreichen wollende Zeit zu vertreiben, das nun wirklich nicht, ich halte mich ständig, oder fast ständig, in den anderthalb Zimmern dieser – fast hätte ich gesagt: Wohnung im vierzehnten Stock eines Wohnsilos auf, in meiner, Gott verzeih mir, in meiner Wohnung, in meiner einmal sonnenversengten, einmal zugigen (bisweilen beides gleichzeitig) Höhle, wo ich in die hell glänzende Luft aufblicke, oder in die Wolken, in die ich mein Grab mit dem Kugelschreiber schaufele, fleißig wie ein Zwangsarbeiter, den man Tag für Tag hervorpfeift, daß er den Spaten tiefer steche, daß er die Geige dunkler streiche und süßer spiele den Tod; ich könnte meiner Meinung hier höchstens für die singenden Wasserleitungsrohre, die röchelnden Heizungsrohre, für die heulenden Nachbarn Ausdruck verleihen, hier im Herzen der Josefstadt, was heißt im Herzen, eher im Mastdarm, in diesem aufragenden Wohnsilo, der aus diesem am Boden kauernden Stadtteil so verblüffend hervorsticht, als sei er ein überdimensioniertes künstliches Glied: aus meinem Fenster kann ich zumindest über den alten Zaun blicken, der – welche Überraschung – noch immer steht, und das kümmerliche Geheimnis eines verkümmerten Gartens sehen, das mich als Kind aufs höchste erregt hat, jetzt aber überhaupt nicht mehr aufregt, es langweilt mich sogar ausgesprochen, wie eigentlich auch der Gedanke, daß ich auf Grund bestimmter Umstände (meiner Scheidung, meiner Vorliebe für die schlechtesten, aber beileibe nicht zugleich immer einfachsten Lösungen, nun, und der Tatsache, daß ich nicht gerade in Geld schwimme), daß ich also auf Grund bestimmter Umstände wieder hierher zurückgeraten bin, wo ich einige traurige Sommer- und Winterferien meiner Kindheit verbracht, wo ich einige traurige Erfahrungen meiner Kindheit gemacht habe, wie auch der Gedanke also, daß ich von neuem hier lebe, solange ich noch leben muß, vierzehn Stockwerke hoch über meiner Kindheit, und in der Folge überfallen mich unausweichlich, und nunmehr ausschließlich, um mich zu ärgern, Erinnerungen, ganz überflüssige Erinnerungen aus meiner Kindheit, sie haben doch vor längster Zeit alles verrichtet, was sie zu verrichten hatten: ihren niederträchtigen und alles überfallenden Rattenfraß, jetzt könnten sie mich schon ruhig in Frieden lassen. Um aber darauf zurückzukommen – worauf eigentlich? auf meine Meinung – oh Gott! –, so könnte ich gesagt haben, daß dieser Satz schon der Form nach falsch ist, der Satz nämlich, daß es «für Auschwitz keine Erklärung gibt», denn für das, was *ist*, gibt es immer eine Erklärung, wenn auch naturgemäß lauter willkürliche, irrige und fadenscheinige Erklärungen, Tatsache ist aber, daß eine Tatsache wenigstens zwei Leben hat, ein Tatsachen-Leben und, um es so zu formulieren, ein Geistes-Leben, eine geistige Existenzform, und das ist nichts anderes als eine Erklärung, eine Anhäufung von Erklärungen, die die Tatsachen sogar zu Tode erklärt, das heißt, die diese Tatsachen letzten Endes vernichtet, oder aber zumindest vernebelt, dieser unglückliche Satz: «Für Auschwitz gibt es keine Erklärung» ist auch eine Erklärung, der unglückliche Autor erklärt damit, daß wir über Auschwitz besser schweigen sollen, daß Auschwitz nicht existent ist, vielmehr gewesen sei, denn es gibt nur für das keine Erklärung, nicht wahr, was nicht ist oder was nicht gewesen ist. Auschwitz jedoch, könnte ich wahrscheinlich gesagt haben, war, vielmehr, Auschwitz *ist existent*, also gibt es auch eine Erklärung für Auschwitz, hingegen gibt es gerade keine Erklärung dafür, daß Auschwitz nicht gewesen sei, das heißt, es kann keine Erklärung dafür gefunden werden, daß Auschwitz nicht gewesen sei, daß Auschwitz nicht geworden wäre, daß sich in der Tatsache namens «Auschwitz» nicht der Weltgeist realisiert hätte (um an dieser Stelle auch Doktor Oblath Reverenz zu erweisen), ja, es gibt gerade für die Nicht-Existenz von Auschwitz keine Erklärung, folglich hängt Auschwitz da seit undenklichen Zeiten in der Luft, wer weiß, vielleicht schon seit Jahrhunderten, gleich einer dunklen, von den Strahlen zahlloser Schandtaten reifenden Frucht, die darauf wartet, den Menschen auf den Kopf zu fallen, letzten Endes ist, was ist, und daß es ist, ist nun einmal unumgänglich, denn es ist ja da: Die Weltgeschichte ist das Bild und die Tat der Vernunft (Zitat von H.), denn wollte ich die Welt als eine Aneinanderreihung willkürlicher Zufälle betrachten, so wäre das doch eine, nun, recht unwürdige Betrachtungsweise der Welt (Zitat von mir), wir dürfen nicht vergessen: wer die Welt vernünftig ansieht, den sieht auch die *Welt* vernünftig an, beides ist in Wechselbestimmung – sagt wiederum H., nicht H., der Führer und Reichskanzler, sondern H., der gewaltige Seher, Philosoph, Hofnarr und auserwählte Leckerbissen aufwartende Mundschenk aller Führer, Reichskanzler und sonstigen Titularusurpatoren, der, wie ich fürchte, noch dazu vollkommen recht hat, wir müssen nur die Detailfrage intensiv studieren, was für eine Vernunft das ist, deren Bild und Tat die Weltgeschichte ist, und außerdem, *wessen* Vernunft auch die Welt vernünftig ansieht, auf daß sie einander dann wechselseitig bestimmen – wie sie es ja leider auch tun –, könnte ich gesagt haben, was Auschwitz angeht, könnte ich gesagt haben, da es meine Meinung war und auch noch heute meine Meinung ist, steckt die Erklärung meiner Meinung nach in den einzelnen Leben, ausschließlich in den einzelnen Leben und nirgend anders. Auschwitz ist meiner Meinung nach Bild und Tat der einzelnen Leben, betrachtet im Zeichen einer gewissen Organisiertheit. Wenn die Menschheit als Ganzes zu träumen beginnt, wird Moosbrugger, der attraktive Lustmörder, unbedingt geboren, wie bei Musil, im *Mann ohne Eigenschaften*, nachzulesen ist, könnte ich gesagt haben. Ja, die einzelnen Leben als Ganzes und dazu wohl noch die Technik, wie das Ganze abgewickelt wird: nur soviel ist die Erklärung, nicht mehr, nichts anderes, *alles, das möglich ist, geschieht, möglich ist nur das, was geschieht*, sagt K., der Große, der Traurige, der Weise, der schon aus den einzelnen Leben heraus wußte, wie es sein wird, wenn kriminelle Irre die Welt vernünftig ansehen und auch die *Welt* sie vernünftig ansehen, das heißt ihnen gehorchen wird. Und sagt nicht, könnte ich gesagt haben, daß diese Erklärung lediglich eine tautologische Erklärung der Tatsachen durch diese Tatsachen selbst sei, denn dies ist die Erklärung sehr wohl, wenn ich auch weiß, daß ihr es schwer akzeptieren könnt, daß ihr von gemeinen Kriminellen beherrscht werdet, schwer auch dann, wenn ihr sie sonst als gemeine Kriminelle kennt und auch so nennt, und doch beginnt ihr in dem gemeinen Kriminellen, sobald er nicht in ein Irrenhaus oder ein Gefängnis, sondern in eine Reichskanzlei oder in sonstige Führerquartiere gelangt, das Interessante, das Originelle, das Außerordentliche zu suchen, sogar das wagt ihr nicht auszusprechen, aber so ist es: die Größe, damit ihr euch selbst nicht als so zwergenhaft und eure Weltgeschichte nicht als so unmöglich anzusehen braucht, könnte ich gesagt haben, ja, damit ihr die Welt weiterhin vernünftig ansehen könnt und auch die *Welt* euch vernünftig ansehen möge. Und das ist ganz verständlich, mehr noch, recht und billig, wenn euer Verfahren auch nicht «wissenschaftlich» und «objektiv» ist, wie ihr gern glauben möchtet, nein, es ist reinstes Dichten und Moralisieren, insofern es wieder eine rationale, das heißt lebbare Weltordnung herstellen will, und die aus der Welt Vertriebenen stehlen sich dann durch diese Tore und Hintertürchen wieder in die *Welt* zurück, zumindest die, die dazu Lust verspüren und die glauben, daß die *Welt* in Zukunft ein Ort für Menschen sein wird, doch das ist eine andere Frage, könnte ich gesagt haben, schlimm ist nur, daß solcherart Legenden geboren werden, wir erfahren aus diesen wissenschaftlichen Horrorromanen, daß der große Mann zum Beispiel über einen ausgezeichneten taktischen Sinn verfügte, nicht wahr, als ob nicht jeder Paranoiker und manisch Irre seine Ärzte und seine Umgebung mit seinem ausgezeichneten taktischen Sinn irreführte und zur Verzweiflung triebe, dann, daß die soziale Situation gerade so und so war, daß die internationale Politik noch viel mehr so und so war, daß die Philosophie, die Musik und der sonstige Kunst-Hokuspokus die Denkweise der Leute verdorben hatten, doch hauptsächlich erfahren wir, daß der große Mann letzten Endes, ehrlich gesagt, ein *großer Mann* war, er hatte etwas Verführerisches, etwas Faszinierendes, kurz und bündig: etwas *Dämonisches*, so ist es, er hatte einen dämonischen Zug, dem man ganz einfach nicht widerstehen konnte, zumal dann, wenn man gar nicht gewillt ist, ihm zu widerstehen, da man gerade auf Dämonensuche unterwegs ist, wir brauchen schon längst nur noch einen Dämon, um unsere widerlichen Wünsche auszuleben, natürlich einen Dämon, den wir glauben machen können, daß *er* der Dämon ist, der all unser Dämonisches auf seine Schultern lädt, wie ein Antichrist das Eiserne Kreuz, und der sich nicht frech aus unseren Krallen windet, um sich vor der Zeit aufzuhängen, wie Stawrogin. Ja, jene, die ihr als gemeine Kriminelle erkennt und auch so nennt, beginnt ihr doch von dem Augenblick an, da sie Zepter und Reichsapfel zu fassen bekommen, sofort zu vergöttern, selbst sie schmähend noch zu vergöttern, ihr zählt die Sachzwänge auf, ihr sagt, wo sie *objektiv* recht hatten, hingegen *subjektiv* nicht, was man *objektiv* verstehen kann und *subjektiv* nicht, welche Intrigen im Hintergrund abliefen und welche Interessen hineinspielten, und ihr werdet der Erklärungen nicht müde, nur um eure Seelen und was noch zu retten ist, zu retten, nur um den gemeinen Raub, den Mord und die Seelenkrämerei, an denen wir alle so oder so irgendwie beteiligt sind oder waren, wir alle, die wir hier sitzen, im großartigen Opernhausglanz der Weltgeschehnisse zu sehen, könnte ich gesagt haben, ja, damit ihr Teilwahrheiten aus dem großen Schiffbruch fischen könnt, bei dem *alles Ganze zerbrochen ist*, ja, damit ihr nur nicht die vor euch, hinter euch, unter euch und überall sich auftuenden Abgründe zu sehen braucht, das Nichts, die Leere, das heißt unsere wirkliche Lage, nicht zu sehen braucht, wem ihr dient, nicht die jeweilige Natur der jeweiligen Herrschaft, von Herrschaft, von jener Herrschaft, die weder notwendig noch nicht notwendig ist, bloß eine Entscheidung, eine Frage der in den einzelnen Leben gefällten oder nicht gefällten Entscheidungen ist, die Herrschaft ist weder teuflisch noch undurchschaubar und faszinierend subtil noch ungeheuer mitreißend, nein, sie ist lediglich gemein, mörderisch, stupid und heuchlerisch, selbst zu den Zeiten ihrer größten Leistungen ist sie allenfalls gut organisiert, könnte ich gesagt haben, ja, sie ist vor allem *unernst*, denn seitdem die Maschinenhallen des Mordes hier und da und an noch so vielen Orten sich öffneten, seitdem ist es zu Ende, für eine geraume Weile ist es zu Ende mit jeglichem ernstzunehmenden Ernst, zumindest mit dem, der an die Vorstellung von Herrschaft, jeglicher Herrschaft, geknüpft ist. Und hört doch endlich auf damit, könnte ich gesagt haben, daß es für Auschwitz keine Erklärung gibt, daß Auschwitz eine Ausgeburt der irrationalen, der mit der Vernunft nicht faßbaren Kräfte sei, denn für das Böse gibt es immer eine vernünftige Erklärung, mag sein, daß der Satan selbst, wie Jago, irrational ist, seine Geschöpfe aber sind sehr wohl rationale Wesen, alle ihre Taten lassen sich ableiten wie eine mathematische Formel; ableiten aus irgendeinem Interesse, aus der Gewinnsucht, aus der Trägheit, aus Macht- und Lustgier, aus Feigheit, aus der Befriedigung des einen oder anderen Triebes, und wenn schon aus nichts anderem, so letzten Endes aus irgendeinem Wahn, aus der Paranoia, aus der manisch-depressiven Krankheit, der Pyromanie, dem Sadismus, dem Lustmord, dem Masochismus, aus der demiurgischen oder einer anderen Megalomanie, der Nekrophilie, aus irgendeiner der was weiß ich wie vielen Perversitäten unter den vielen, und vielleicht aus allen zugleich, jedoch, könnte ich gesagt haben, gebt jetzt gut acht, denn das wirklich Irrationale und tatsächlich Unerklärbare ist nicht das Böse, im Gegenteil: es ist das Gute. Gerade deshalb interessieren mich schon lange nicht die Führer, Reichskanzler und sonstigen Titularusurpatoren, wieviel Interessantes ihr auch über ihr Seelenleben erzählen könnt, nein, statt des Lebens von Diktatoren interessiert mich schon lange einzig noch das Leben der Heiligen, denn das finde ich interessant und unfaßbar, dafür finde ich keine bloß rationale Erklärung; und Auschwitz hat sich, wie sehr das auch nach einem traurigen Witz klingt, unter diesem Gesichtspunkt geradezu als lohnendes Unternehmen erwiesen, und so werde ich euch, auch wenn ihr dessen noch so überdrüssig seid, eine Geschichte erzählen, die ihr mir dann erklärt, wenn ihr es könnt. Ich will mich kurz fassen, da ich ja lauter alten Füchsen gegenübersitze, und sage nur soviel wie: Lager und Winter und Krankentransport und Viehwaggons und nur eine einzige kalte Verpflegungsration, obwohl die Fahrt wer weiß wieviel Tage dauern wird, und die Rationen in Zehnereinheiten zugemessen, und ich, auf einem zur Tragbahre ernannten Holzgerüst liegend, wende meine Hundeaugen nicht von einem Mann, besser gesagt, einem Gerippe, der, keine Ahnung, warum, nur «Herr Lehrer» genannt wurde, an den meine Ration geraten war, und dann das Verladenwerden in die Waggons, und der Abzählstand stimmt natürlich wieder und wieder nicht, und Gebrüll und Durcheinander und ein Tritt, dann spüre ich, wie man mich hochreißt und vor dem nächsten Waggon abstellt, und ich sehe den «Herrn Lehrer» und meine Ration schon lange nicht mehr, das reicht, damit ihr euch die Situation genau vorstellen könnt. Und auch das, was ich fühlte: erstens konnte ich meinem ewigen Peiniger, dem Hunger, diesem mir schon lange fremden, wütend fordernden wilden Tier nichts zu fressen geben, und nun röhrte auch noch das andere wilde Tier, die Hoffnung, los, die bisher nur verhalten und dumpf, aber unausgesetzt geschnurrt hatte: es gibt immer eine Chance, am Leben zu bleiben. Das schien jetzt, ohne meine Ration, auf einmal überaus fraglich geworden zu sein, andererseits wurden die Überlebenschancen des «Herrn Lehrers», und das klärte ich kühl mit mir, durch meine Ration genau verdoppelt – damit hat sich's mit meiner Ration, dachte ich, wie soll ich sagen, nicht gerade mit allzu großer Freude, dafür aber um so rationaler. Wen aber sehe ich wenige Minuten später? Rufend und mit seinem Blick rastlos suchend, schwankt der «Herr Lehrer» auf mich zu, in seiner Hand hält er meine kalte Verpflegungsration, und als er mich auf der Tragbahre erblickt, legt er sie mir rasch auf den Bauch; ich will etwas sagen, und es scheint, die Überraschung steht mir unverhüllt ins Gesicht geschrieben, weil er, obwohl er bereits dabei ist zurückzujagen – wird er nicht an seinem Platz angetroffen, schlägt man ihn einfach tot –, weil er mit einer auf seinem kleinen, sich schon auf den Tod vorbereitenden

Gesicht klar zu erkennenden Entrüstung sagt: «Was hast du denn gedacht?! ...» Soweit die Geschichte, und wenn es auch wahr ist, daß ich mein Leben nicht nur als eine auf den willkürlichen Zufall meiner Geburt folgende Aneinanderreihung weiterer willkürlicher Zufälle sehen möchte, weil das wirklich eine ziemlich unwürdige Betrachtungsweise des Lebens wäre, so möchte ich es aber noch weniger so sehen, als sei alles nur geschehen, damit ich am Leben bleibe, denn dies wäre eine noch unwürdigere Betrachtungsweise des Lebens, obwohl es völlig richtig ist, daß der «Herr Lehrer» zum Beispiel tat, was er tat, damit ich am Leben bleibe, jedoch ausschließlich aus meinem Blickwinkel betrachtet, denn er wurde offensichtlich von etwas anderem geleitet, er tat es offensichtlich vor allem, um selbst am Leben zu bleiben, was er nebenbei auch für mein Überleben tat. Und das ist hier die Frage, und dafür gebt mir eine Erklärung, wenn ihr könnt, warum er es getan hat. Versucht es aber nicht mit Worten, denn ihr wißt selbst, daß Worte unter bestimmten Umständen bei einer gewissen Temperatur, bildlich gesprochen, ihre Substanz verlieren, ihren Inhalt, ihre Bedeutung, sie lösen sich einfach in nichts auf, in einem derartigen gasförmigen Aggregatzustand zeigen allein die Taten, die bloßen Taten eine gewisse Neigung zur Festigkeit, allein die

Taten können wir gleichsam in unsere Hand nehmen und untersuchen wie ein stummes Mineral, wie einen Kristall. Und so wir davon ausgehen, und das ist hier ja klar, nicht wahr, daß wir von nichts anderem ausgehen können, daß sich bei einer Endlösung, in einem Konzentrationslager, und bedenken wir dabei vor allem die völlige körperliche und geistige Auszehrung und die fast schon pathologische Verkümmerung des Urteilsvermögens in der Folge dessen im allgemeinen sich jeder nur vom eigenen Überleben leiten läßt, und so wir weiter bedenken, daß der «Herr Lehrer» eine zweifache Chance erhalten hatte, am Leben zu bleiben, und daß er diese verdoppelte Chance, das heißt exakt diese zusätzlich zu seiner Chance sich bietende Chance, die eigentlich die Chance eines anderen wäre, *verwarf*, so zeigt das, daß die, wie soll ich sagen, die Annahme dieser zweiten Chance gerade seine *einzige* Chance vernichtet hätte, die es ihm noch ermöglichte, zu leben und zu überleben; daß es also demzufolge doch etwas *gibt*, und ich bitte euch wiederum, versucht es nicht mit Namen, es existiert ein reiner, von keinem fremden Stoff: weder von unserem Körper noch von unserer Seele, noch von den in uns jagenden wilden Tieren infizierter Begriff, ein Gedanke, der in unser aller Geist gleichermaßen als Vorstellung lebt, ja eine Idee, deren, wie soll ich sagen, Unverletzbarkeit, deren Wahrung, oder wie ihr wollt, seine, des «Herrn Lehrers», *einzige wirkliche Chance* zu überleben bedeutet, daß die Chance, am Leben zu bleiben, für ihn ohne sie überhaupt keine Chance ist, einfach darum, weil er, ohne diesen Begriff unversehrt erhalten und ihn als rein und unbeeinträchtigt erachten zu können, nicht leben will, wahrscheinlich sogar nicht leben *kann.* Ja, und meiner Meinung nach gibt es *dafür* keine Erklärung, da es auch nicht vernünftig ist, verglichen mit der klar auf der Hand liegenden Vernünftigkeit einer Verpflegungsration, die in einer Konzentrationslager genannten Endlösung dazu dienen kann, das Ende zu vermeiden; könnte sie dazu dienen, stieße dieser Dienst nicht auf den selbst die Lebensinteressen dahinfegenden Widerstand eines stofflosen Begriffes, und das ist, nach meiner Meinung, ein sehr wichtiges Zeugnis in jenem großen Stoffwechsel der Schicksale, der im Grunde genommen das Leben ist, um vieles, um sehr vieles wichtiger als alle Gemeinplätze und vernünftigen Greueltaten, mit denen irgendeiner der Führer, Reichskanzler und sonstigen Titularusurpatoren dienen konnte und könnte, kann ich wahrscheinlich gesagt haben ... Aber ich bin meiner Geschichten bereits überdrüssig, obzwar ich sie nicht verleugne und sie auch nicht verschweigen kann, denn ich bin da, um sie zu erzählen, es ist meine Arbeit, sie zu erzählen, ich weiß zwar nicht, warum es meine Arbeit ist, genauer, warum ich dies für meine Arbeit erachte, da ich doch weit und breit für nichts da bin, seitdem ich hier auf Erden ans Ende meines Daseins gekommen bin und nur noch eine Arbeit vor mir habe, wir wissen alle, welche, und es wird nicht an mir scheitern, nein, wirklich nicht; und jetzt, wo ich meinen Geschichten von fern und schwermütig, als sähe ich dem aufkräuselnden Rauch meiner Zigarette nach, gleichsam in den Rücken schaue, werde ich Frauenaugen gewahr, die sich an mir, als wollten sie eine Quelle in mir zum Sprudeln bringen, festgesogen haben, und im Lichte dieses Blicks verstehe ich sofort, ich verstehe und sehe es gleichsam, wie sich meine Geschichten zu einem mäandrierenden Faden verweben, zu weichen Schlingen aus bunten Fäden verweben, die ich um die Hüften, Brüste und den Hals meiner (damals noch zukünftigen, heute bereits ehemaligen) Frau werfe, um meine Geliebte, die sie damals noch war, werfe, um die in meinem Bett liegende, ihren Kopf mit den seidig glänzenden Haaren auf meine Schulter bettende Geliebte schlinge, ich spinne sie ein und binde sie an mich, in wirbelnder Drehung, zwei bunte und bewegliche Gaukler im Zirkus, die sich danach totenblaß und mit leeren Händen vor dem hämischen Zuschauer, dem Scheitern, verneigen. Aber – ja – *wir müssen wenigstens den Willen zum Scheitern haben*, wie der Wissenschaftler bei Thomas Bernhard sagt, denn das Scheitern, allein das Scheitern, ist das einzige erfüllbare Erlebnis geblieben, sage ich, und so strebe auch ich nach dem Scheitern, wenn ich schon streben muß, und ich muß sehr wohl streben, denn ich lebe und schreibe, und beides ist Streben, das Leben ein eher blindes, das Schreiben ein sehendes Streben, und so ist es ein anderes Streben als das Leben, es strebt vielleicht danach, das zu sehen, wonach das Leben strebt, und daher, da es nichts anderes tun kann, spricht es dem Leben das Leben nach, es wiederholt das Leben, als sei es, das Schreiben, auch Leben, obwohl es das nicht ist, auf ganz grundlegende, unvergleichbare, mehr noch, unvergleichliche Weise nicht ist, somit ist das Scheitern, wenn wir zu schreiben beginnen und über das Leben zu schreiben beginnen, von vornherein gewährleistet. Und jetzt, da ich in meiner abgrundtiefen, aber von Lichtern und Lauten und Leid durchdrungenen Nacht die Antwort auf die letzten großen Fragen suche, wiewohl ich bestimmt weiß, daß es für alle letzten großen Fragen nur eine einzige letzte große Antwort gibt: die, die alles löst, weil sie jede Frage und jeden Frager verstummen läßt, und daß es für uns letzten Endes nur die einzige Lösung gibt, dies ist das letzte Ziel unseres Strebens, mögen wir auch sonst davon absehen, und wir streben ja auch gar nicht danach, sonst strebten wir nicht, obgleich ich, was mich betrifft, nicht einsehe, welches Ziel die Umschweife noch haben sollen: und doch, während ich hier mein Leben – oh Gott! –, dieses Leben wiederhole und mich frage, warum ich das tue, abgesehen davon, daß ich arbeiten muß, manisch, mit besessenem Fleiß und ohne Unterlaß, weil es zwischen meiner Arbeit und meinem Fortbestehen die allerernstesten Zusammenhänge gibt, das ist ganz offenkundig: und doch, mich treibt, indem ich schreibend mein Leben wiederhole, wahrscheinlich die geheime Hoffnung meines geheimen Strebens, nämlich, daß ich diese Hoffnung einmal erkennen kann, und ich werde wahrscheinlich so lange schreiben, manisch, mit besessenem Fleiß und ohne Unterlaß, bis ich sie erkannt habe, wozu sollte ich danach noch schreiben. Und als mich meine Frau (die zukünftige und ehemalige) später, als wir die dämmrigen und weniger dämmrigen Straßen zu zweit durchwanderten, fragte, wie ich dann doch diesen reinen, von keinem fremden Stoff infizierten Begriff benennen würde, über den ich vorhin auf der Gesellschaft im Zusammenhang mit dem «Herrn Lehrer» gesprochen hätte, den sie übrigens «eine sehr anrührende Gestalt» nannte und dem sie noch in einer meiner Erzählungen zu begegnen hoffte, über welche Bemerkung ich wie über einen Schönheitsfehler, der den Bann nicht brechen darf, zumindest nicht in dem Augenblick, da der Zauber noch anhält, sozusagen mit geschlossenen Augen hinwegging, erwiderte ich ihr, ohne zu zögern, daß dieser Begriff nach meiner Meinung die Freiheit sei, und zwar deshalb in erster Linie die Freiheit, weil der «Herr Lehrer» nicht das tat, was er hätte tun *müssen*, das heißt, was er nach dem vernünftigen Kalkül von Hunger, Selbsterhaltungstrieb und Wahnsinn und der mit Hunger, Selbsterhaltungstrieb und Wahnsinn in Blutsbrüderschaft verbundenen Herrschaft hätte tun *müssen*, er tat vielmehr, alles widerlegend, etwas anderes, etwas, das er *nicht hätte tun müssen*, etwas, das niemand vernünftigerweise von einem erwartet. Meine Frau (damals noch nicht meine Frau) schwieg daraufhin ein wenig, dann sagte sie plötzlich, und ich erinnere mich an ihr Gesicht, wie sie zu mir aufblickte, die Lichter der Nacht glitten vorüber, und ihr Gesicht schimmerte weich gezeichnet, unscharf und zugleich doch wie Glas, wie eine Nahaufnahme aus den dreißiger Jahren, und ich erinnere mich auch noch an ihre Stimme, die vor Erregung bewegt zitterte, als sie sich ein Herz faßte, zumindest hielt ich es damals dafür, und es kann vielleicht auch so gewesen sein, obwohl ich nicht weiß warum, denn nichts ist so, wie wir es glauben oder glauben wollen, nicht unsere *Vorstellung*, sondern unser Hirngespinst ist die Welt, voll unvorstellbarer Überraschungen, sie sagte plötzlich, ich müsse sehr einsam und traurig sein und trotz aller meiner Erfahrung doch recht unerfahren, da ich so wenig an die Menschen glaube, ja, da ich Theorien aufstellen müsse, um eine natürliche (ja, sie sagte: natürliche), eine *natürliche* und ehrliche menschliche Geste erklären zu können, und ich erinnere mich, wie sehr mich diese Worte aufwühlten, diese dilettantische und in ihrer Unhaltbarkeit so bestechende Bemerkung, ich erinnere mich, so wie ich mich auch an das darauffolgende zunächst scheue, dann fragend und darauf schnell vertraulich werdende Lächeln, an dieses Mienenspiel erinnere, das ich später so oft hervorzurufen versuchte, da es mich in einem gewissen Sinne immer bezaubert hat, zunächst genußvoll, später, als es mir schon nicht mehr gelang, es hervorzurufen, schmerzlich, das heißt, bezaubernd war zunächst seine Wirklichkeit, später sein Fehlen, noch später bloß seine Erinnerung, wie es nun einmal so ist und wie es anscheinend auch sein muß, da es nie anders ist, ich erinnere mich aller dieser meiner sich plötzlich verdickenden und fast unangenehm präsent und trüb werdenden Gefühle und noch viel mehr an ihre Frage, ob sie sich bei mir einhängen dürfe. Natürlich, antwortete ich. An dieser Stelle ist es wohl angebracht, zu erzählen, wie ich damals so ungefähr lebte, damit ich verstehe und erkenne, was ich verstehen und erkennen muß: ob sich dieser Augenblick von anderen, ähnlichen Augenblicken unterschied, von Augenblicken, in denen sich so wie in jenem Augenblick entschied, daß ich mit einer Frau bald schlafen würde. Und ich sage das deshalb so: «es entschied sich», denn auch wenn es stimmt, und es ist natürlich nichts natürlicher, als daß auch ich einen ziemlich großen Anteil an diesen Entscheidungen habe, daß ich geradezu als Initiator auftrete oder es zumindest diesen Anschein hat, so erscheint das sozusagen doch nie als eine Entscheidung, sondern im Gegenteil als ein Abenteuer, das sogar noch die Möglichkeit einer Entscheidung unmöglich macht, gleichsam als ein sich vor meinen Füßen auftuender Strudel, wobei das wasserfallartige Tosen meines Blutes in mir alle anderen Entscheidungen zum Verstummen bringt, wobei mir der gewöhnliche Ausgang des Abenteuers schon von vornherein vollkommen klar ist, so daß ich, könnte ich, was die Entscheidung angeht, entscheiden, kaum so entschiede, mich für ein solches Abenteuer zu entscheiden. Vielleicht zieht mich aber gerade das an, dieser Widerspruch, dieser Strudel.

Ich weiß nicht, ich weiß es nicht. Es hat sich ja bei mir nicht nur einmal ereignet, dasselbe und auf dieselbe Art, so daß ich aus der systematischen Wiederholung auf eine gewisse Gesetzmäßigkeit schließen muß, die mich verstohlen leitet: Eine Frau, mit scheuem Lächeln und huschenden Schritten, bittet leise und bescheiden, gleichsam in der archaischen Maske einer barfüßigen Magd mit offenem Haar, um Einlaß, wie soll ich sagen, um nicht die Banalität sagen zu müssen, die ich dann doch sagen werde, was anderes könnte ich sagen, wenn sich dieser miese Trick doch nunmehr schon seit Urzeiten bewährt, sich sogar ausgezeichnet bewährt: sie bittet also um Einlaß in mein ultimum moriens, das heißt in mein Herz, dort sieht sie sich dann mit einem lieben und neugierigen Lächeln um, sie berührt alles mit feiner Hand, staubt das eine und andere ab, lüftet die muffigen Ecken aus, wirft dies und das hinaus und plaziert dort ihre eigenen Sachen, sie richtet sich fein säuberlich und unwiderstehlich ein, bis ich zuletzt plötzlich gewahr werde, daß sie mich vollkommen dort hinausgedrängt hat, so daß ich als verbannter Fremder um mein eigenes Herz schleiche, das ich nur mehr aus der Ferne mit verschlossenen Toren schimmern sehe, wie der Obdachlose das warme Heim anderer Leute; und recht oft konnte ich nur mehr so wieder einziehen, daß ich mit einer anderen Frau an der Hand ankam und nun sie einquartierte. Alles das habe ich nach der Beendigung einer festeren, schon quälend und unabsehbar festen Beziehung so gründlich, ich könnte sagen: plastisch, wie es meinem Beruf als Schriftsteller und Übersetzer ansteht, durchdacht, diese Beziehung hatte mich seinerzeit, so dachte ich zumindest, einigermaßen mitgenommen, und weil ich durch sie die für meine Arbeit unerläßlich wichtige, was heißt wichtige, unverzichtbare *Freiheit* gefährdet sah, sah ich mich für die Zukunft zu Vorsicht, aber auch zu weiteren Überlegungen angehalten. Hauptsächlich deshalb, weil ich bemerken mußte, daß mich die wiedererrungene heißersehnte Freiheit überhaupt nicht mit jenem Arbeitselan beschenkte, den ich mir von ebendieser Wendung erwartet hatte, nein, ich mußte verdutzt erkennen, daß ich, solange ich nur um diese Freiheit gerungen und, zu Entscheidungen unfähig, die Beziehung einmal gelöst, dann wieder angeknüpft hatte, schwungvoller, ich könnte sagen grimmiger und folglich auch erfolgreicher gearbeitet hatte als danach, als ich zwar wieder frei war, mich diese Freiheit aber nur mit Leere und Langeweile erfüllte; wie ich dann wesentlich später auch von einem anderen Zustand, nämlich dem des Glücks, das ich mit meiner Frau im Verlauf unserer Beziehung und später am Anfang meiner Ehe erlebte, belehrt wurde, daß auch dieser Zustand, das heißt das Glück, meine Arbeit ungünstig beeinflußt. Darum besah ich mir zunächst einmal meine Arbeit, um zu sehen, was das ist und warum es so drückende und stets ermüdende, oft sogar geradewegs unerfüllbare, fast schon selbstmörderische Anforderungen erhebt, und wenn ich damals auch noch weit – oh Gott!, wie weit – entfernt war von der richtigen Hellsicht, vom Erkennen der wahren Natur meiner Arbeit, die im Grunde nichts anderes ist als ein Schaufeln, das Weiter- und Zuendeschaufeln jenes Grabes, das andere für mich in die Luft zu graben begonnen haben, so erkannte ich auf jeden Fall soviel, daß ich bin, solange ich arbeite, wenn ich nicht arbeitete, wer weiß, ob ich dann wäre, ob ich existieren *könnte*, daß es also hier die allerernstesten Zusammenhänge gibt zwischen meinem Fortbestehen und meiner Arbeit, deren eine Bedingung, so scheint es, denn auch wenn es noch so traurig für mich ist, kann ich nichts anderes annehmen, das Unglücklichsein ist, aber natürlich nicht die Art von Unglück, die mich sofort auch meiner Arbeitsmöglichkeiten beraubt, wie Krankheit, Obdachlosigkeit, Elend, um von Gefängnis und ähnlichem ganz zu schweigen, sondern eher die Spielart des Unglücks, mit der mich einzig und allein Frauen beschenken können. Solcherart konnte ich dann, und insbesondere deshalb, weil ich seinerzeit gerade Schopenhauers Abhandlung *Über die anscheinende Absichtlichkeit im Schicksale des Einzelnen* las, die in einem der Parerga- und Paralipomena-Bände zu finden ist, welche ich in der den Bibliotheksliquidierungen nach den großen nationalen Wirren und der Auswanderungswelle folgenden Zeit in einem Antiquariat erbeutet habe, noch dazu so billig, daß sogar ich die vier dicken schwarzen Bände, die jeglicher Zensur, Bücherverbrennung, Einstampfung, jeglichem Buch-Auschwitz getrotzt hatten, bezahlen konnte: so, sage ich, konnte ich die Möglichkeit nicht ausschließen, daß ich, um einen ganz schäbigen Ausdruck der ganz schäbigen Psychoanalyse zu gebrauchen, eventuell von einem gewissen Ödipus-Komplex betroffen bin, was letztlich, in Anbetracht der nicht gerade geordneten Lebensumstände meiner Jugend, gar kein so großes Wunder wäre, dachte ich. Die Frage ist nunmehr lediglich, fragte ich mich, ist es die Vater-Sohn-Beziehung oder die Mutter-Sohn-Beziehung, die mich betrifft (wenn auch nicht als ausschließliche Determinante, denn schon die bloße Fähigkeit zu dieser Selbstanalyse ermutigt zu einiger Hoffnung, dachte ich), und ich antwortete mir, daß durch mein Verhalten am ehesten manchmal die Rolle des Mutter-Sohnes, des von der Mutter verstoßenen

Mutter-Sohnes hindurchscheint. Ich ging so weit, daß ich darüber sogar eine Theorie aufstellte, wie auch meine damaligen Notizen bezeugen. Danach neigt der verstoßene Vater-Sohn eher zu einer transzendentalen Problematik, der verstoßene Mutter-Sohn aber, als den ich auch mich selbst zu postulieren hatte, ist eher empfänglich für Sinnlichkeit, für modellierbare und zu formende Materie, für Plastizität, und ich vermeinte, für den ersten sogleich in Kafka, für den zweiten in Proust oder Joseph Roth Beispiele gefunden zu haben. Und wenn auch diese Theorie wahrscheinlich auf ziemlich schwachen Beinen steht und ich mich nicht trauen würde, sie niederzuschreiben, und noch weniger, sie zum matten Thema eines gesellschaftlichen Mitternachtsgespräches aufzuwerfen – schon deshalb nicht, weil sie mich einfach nicht mehr interessiert, oh, wie weit weg bin ich davon schon; wenn ich mich überhaupt noch daran erinnere, dann nur als an einen kurzen, noch richtungslosen und zaghaften Schritt auf dem langen, langen und wer weiß wie lang noch werdenden Weg zur echten Hellsicht, das heißt zur wohlbewußten Selbstliquidierung –, so ist es auf jeden Fall eine Tatsache, daß der, wie soll ich sagen, Nutzen dieses meines Komplexes aus mir in meine Arbeit, der Schaden aber aus meiner Arbeit in mich zurück strömte, so daß ich aus der anscheinenden Absichtlichkeit, wenn auch nicht in meinem Schicksale, so doch in meinem damaligen Verhalten darauf schließen kann, daß ich verstohlen die Rolle des verstoßenen Mutter-Sohnes herstelle, ja, wahrhaftig schaffe, vermutlich wegen der damit verbundenen sehr eigentümlichen, wenn es mich nicht ein wenig genierte, würde ich sagen: lustvollen Pein, deren ich für meine Arbeit anscheinend unbedingt bedarf (natürlich neben der *Freiheit*, deren ich in erster Linie bedarf). Ja, denn es scheint, daß ich im Schmerz schließlich unvermutet auf schöpferische Kräfte stoße, und es ist vollkommen einerlei, zu welchem Preis, und es ist vollkommen einerlei, ob hier in den schöpferischen Kräften eventuell bloß die gewöhnliche Kompensation Gestalt annimmt, wesentlich ist, daß sie Gestalt annimmt und daß ich durch den Schmerz in einer Art Wahrheit lebe, und lebte ich nicht darin, wer weiß, vielleicht würde mich diese Wahrheit kalt lassen: so aber ist das Bild des Schmerzes in mir innerlich und andauernd mit dem Antlitz des Lebens verflochten, mit dem – und da bin ich mir ganz sicher – mit dem allerwirklichsten Antlitz des Lebens. Und damit habe ich auch die Erklärung für das vorhin angesprochene Phänomen gefunden, warum sich nämlich mein Arbeitselan, sobald ich im Vollbesitz meiner Freiheit war, verringerte, mitten im Kampf um meine Freiheit, inmitten allerlei Seelenqualen aber zunahm: die durch meinen Komplex ausgelöste (oder die meinen Komplex auslösende) Neurose wirkt bei mir offensichtlich so, daß auch meine Arbeitslust nachläßt, wenn jene nachzulassen scheint, trifft mich aber ein neues Trauma, das die in mir ruhende Neurose wieder entfacht, so lodert auch meine Arbeitslust wieder auf. Das ist ganz klar und einfach, und jetzt, könnte man denken, brauchten nur kontinuierlich auslösende Ursachen gewährleistet zu werden, die das Feuer meiner Arbeit dann ununterbrochen anfachten – und die Formulierung ist hier ebendeshalb so zugespitzt, damit ihre Absurdität augenscheinlich werde. Denn als ich diese Selbstanalyse abschloß, habe ich gleichzeitig auch mit meinem Komplex abgerechnet, der mich naturgemäß sofort anwiderte, genauer gesagt, widerte mich nicht nur mein Komplex, sondern ich selbst mich an, der ich diesen Komplex, vor mir selbst verheimlichend und Theater spielend, genährt hätte, ausgerechnet diesen, auf geistige Unreife deutenden und eine unstatthafte Verletzlichkeit verratenden, albernen, infantilen Komplex, wo es mich doch vor nichts mehr graut als vor Infantilität. So bin ich zumindest von diesem meinem Komplex geheilt, genauer: ich erklärte mich für geheilt, natürlich weniger im Interesse meiner Gesundheit, sondern eher, um meine Selbstachtung zurückgewinnen zu können, und so kam es, daß ich, als ich bald darauf eine Beziehung zu einer anderen aufnahm, ihr die möglicherweise grausam klingende, aber recht praktische Bedingung stellte, daß das Wort «Liebe» und dessen Synonyme zwischen uns nie fallen dürften, daß also unsere Liebe nur so lange anhalten könne, wie wir uns nicht ineinander verliebten, ganz einerlei, ob gegen- oder einseitig, denn in dem Augenblick, in dem sich dieses Unglück bei einem von uns oder sogar bei beiden ereignete, müßten wir unsere Beziehung sofort beenden; und meine Partnerin, um es so zu sagen, ebenfalls erst von einem schwereren Liebesunfall genesend, nahm diese Bedingung ohne weiteres (zumindest dem Anschein nach) an, obwohl die Störelosigkeit unserer Beziehung, darüber habe ich keinen Zweifel, die Beziehung offenkundig bald gestört und angegriffen haben würde, hätte ich in der Zwischenzeit nicht meine ehemalige beziehungsweise damals noch zukünftige Frau kennengelernt, was schließlich (zumindest für mich) die radikale Lösung bedeutete. Zu dieser Zeit lebte ich übrigens noch immer in Untermiete, was inmitten der Lebensumstände in der damals bereits langsam ins zweite Jahrzehnt gehenden Ära der Konsolidierung unleugbar als, sagen wir, Absurdität erscheinen mußte, zu einer

Zeit, da fast alle meine Freunde, Bekannten oder wie ich sie auch nennen soll, zumeist zwar um den Preis eines Herzinfarktes, einer Zuckerkrankheit, eines chronischen Magengeschwürs, des psychischen und physischen Zusammenbruchs, der moralischen und materiellen Korrumpierung oder, im besseren Fall, bloß um den Preis der völligen Auflösung des Familienlebens doch immerhin zu ihrem eigenen Heim gekommen waren; was mich angeht, so habe ich an so etwas gar nicht gedacht, und wenn, dann so, daß ich daran nicht denken könne, einfach deshalb, weil ich dazu anders hätte leben müssen, im Zeichen des Geldes, der Geldbeschaffung, und das wäre mit Zugeständnissen, Wahnvorstellungen, Kompromissen und überhaupt so viel *Unbequemlichkeit* verbunden gewesen, selbst wenn ich mir vorgetäuscht hätte, daß dies nur *vorübergehend*, bloß bis das Ziel erreicht wäre, so vor sich ginge, denn wie könnten wir auch nur vorübergehend anders leben, als wir immer und allgemein leben müssen, ohne daß die bitteren Folgen davon nicht auf unser normales, doch noch einigermaßen von uns selbst bestimmtes Leben zurückfielen, in dem doch noch wir die Herren und Gesetzgeber sind, und so konnte ich es einfach nicht auf mich nehmen, und ich hatte auch nicht Lust, alle die Absurditäten auf mich zu nehmen, alle die absurden Unbequemlichkeiten der Wohnungsbeschaffung in Ungarn auf mich zu nehmen, die vor allem meine *Freiheit*, meine seelische Unabhängigkeit, eigentlich auch meine Unabhängigkeit von den äußeren Umständen gefährdet hätten, und zwar total gefährdet hätten, also mußte ich mich der Gefahr auch total, das heißt mit meinem ganzen Leben entgegenstellen. Und eigentlich muß ich meiner Frau recht geben, die meine damaligen Umstände mit eindringlicher Beharrlichkeit und unerbittlich forschenden Fragen aufklärte und, begleitet von dem mir zu dieser Zeit schon langsam vertraut werdenden Mienenspiel, das, wie ich damals dachte, auf mich wirkte wie der immer unerwartete und wundersame Sonnenaufgang, sagte, ich kerkere mich also im Interesse meiner Freiheit ein. Ja, natürlich war das irgendwie wahr. Richtiger: genau das war wahr. Das, daß mir, vor die Wahl zwischen dem Kerker der Wohnungsbeschaffung und dem der Wohnungslosigkeit in Ungarn gestellt, der letztere eher zusagte, zumal ich in ihm – dem Kerker der Wohnungslosigkeit in Ungarn – mehr nach Lust und Laune und für mich leben konnte, geschützt, verborgen und unverdorben, so lange, bis dieser Kerker, oder, wenn wir uns metaphorisch ausdrükken wollen, sollte ich vielleicht eher sagen, diese Konservendose, plötzlich und ohne Zweifel auf die zauberische Berührung meiner Frau hin sich auftat und meine Untermiete sich auf einmal als ungeschützt, offenliegend und verderblich, infolgedessen unhaltbar erwies, wie sich übrigens auch mein späteres und schließlich auch mein gegenwärtiges Leben als unhaltbar erwies und wie sich, wie ich glaube, alles Leben als unhaltbar erweist; wenn es im Lichte der Erkenntnisse betrachtet wird, ist es doch gerade die Unhaltbarkeit unseres Lebens, die uns zu unseren Erkenntnissen führt, in deren Lichte wir erkennen, daß unser Leben unhaltbar ist – und das ist es wirklich, es ist unhaltbar, denn es wird uns ja genommen. Ja, ich lebte mein Untermietdasein, als lebte ich nicht ganz, reduziert, einstweilig, zerstreut (allein meine Arbeit ernst nehmend), mit diesem ungeklärten, jedoch sicheren und also auch nicht der Klärung bedürftigen Gefühl, daß ich hier lediglich diese Wartezeit unbestimmten Inhaltes, die zwischen mein Entstehen und mein Vergehen fällt, irgendwie (wenn möglich mit Arbeit) totschlagen muß; obwohl gerade diese Wartezeit meine Zeit ist, ich kann allein über diese Zeit Rechenschaft ablegen, obzwar ich nicht weiß, warum und wem ich Rechenschaft schulde, vielleicht vor allem mir selbst, damit ich erkenne, was ich noch erkennen muß, und tue, was ich noch tun kann, und dann schulde ich allen Rechenschaft, das heißt niemandem, das heißt irgendeinem – wer immer es sei –, der sich wegen uns und vielleicht für uns schämen wird, schließlich kann ich weder über die Zeit vor meinem Entstehen noch über die nach meinem Vergehen Rechenschaft ablegen, so diese Zustände überhaupt etwas mit meiner *einmaligen Zeit* gemein haben, was ich, nämlich daß sie etwas damit gemein haben, kaum glaube. Und jetzt, da ich im Lichte der sich über mich senkenden Nacht, wenngleich mit kalter Sachlichkeit, aber doch auch nicht frei von einer gewissen Ergriffenheit, mein Untermietdasein lange und grüblerisch betrachte, vermeine ich auf einmal, sein Urbild zu erkennen, ich meine, es in meinem gar nicht so viele Jahre – gleichwohl eine Ewigkeit – zurückliegenden Lagerleben zu erkennen, um genau zu sein, in jenem Abschnitt meines Lagerlebens, als mein Lagerleben kein richtiges Lagerleben mehr war, als an die Stelle der Wächtersoldaten Befreiungssoldaten getreten waren, und doch war es ein Lagerleben, da ich in einem Lager lebte. Es geschah genau am Tag nach dieser Zustandsänderung, in deren Folge also an die Stelle der Wächtersoldaten Befreiungssoldaten getreten waren, am nächsten Morgen, daß ich aus dem «Saal» der Spitalsbaracke taumelte, in der ich zu dieser Zeit lag, da ich, gelinde gesagt, krank war, was in meinem Fall an sich natürlich noch lange kein Grund war, in einer

Spitalsbaracke zu liegen, doch in der Folge des Zusammentreffens gewisser Umstände, die letzten Endes das Bild eines Glücks annahmen, das kaum weniger verblüffte als das gewohnte Unglück, lag ich immerhin in einer Spitalsbaracke, am nächsten Morgen also taumelte ich in den sogenannten Waschraum, und als ich eingetreten war und schon zum Waschbecken oder vorher noch zum Pissoir weitergehen wollte, blieb ich, und ich kann nichts Treffenderes als diese abgegriffene Wendung erfinden, denn es geschah fast wörtlich so, blieb ich wie angewurzelt stehen, es stand nämlich ein *deutscher Soldat am Waschbecken und sah mich beim Eintreten langsam an;* und noch ehe ich vor lauter Schrecken zusammenbrechen oder ohnmächtig werden, mir die Hosen naß machen oder wer weiß was machen konnte, erfaßte mein Blick durch die grauschwarzen Nebelschwaden meines Entsetzens eine Bewegung, die Handbewegung des deutschen Soldaten, mit der er mich einlud, ans Waschbecken zu treten, und einen Putzlappen, den der deutsche Soldat in seiner mich einladenden Hand hielt, und ein Lächeln, das Lächeln des deutschen Soldaten, das heißt, ich begriff langsam, daß *der deutsche Soldat nur das Waschbecken schrubbte* und daß sein Lächeln nur seine Bereitschaft mir gegenüber ausdrückte, daß der deutsche Soldat das Waschbecken für mich schrubbte, das heißt, daß sich die Weltordnung verändert hatte, das heißt, daß sich die Weltordnung um nichts verändert hatte, das heißt, daß sich die Weltordnung bloß um so viel verändert hatte, und insofern war die Veränderung nicht ganz zu vernachlässigen, daß gestern noch ich der Gefangene gewesen war, heute jedoch war er es, und dies beendete mein plötzliches Entsetzen nur in der Weise, daß es das unmittelbare Empfinden domestizierte, bis es mit der Zeit zu einem anhaltenden und unerschütterlichen Mißtrauen wurde, man könnte sagen, es in mir zu einer Weltanschauung reifen ließ, was dann, im Laufe meines weiteren Lagerlebens, denn ich lebte noch lange so, als freier Lagerbewohner, im Lager, was also meinem freien Lagerleben ein eigentümliches Aroma gab, das unvergleichlich süße und behutsame Erleben des zurückgewonnenen Lebens, daß ich zwar lebte, aber mit dem Gefühl, *daß die Deutschen jederzeit zurückkommen können*, also doch nicht ganz lebte. Ja, und ich muß annehmen, daß ich, seinerzeit wahrscheinlich noch unbewußt, nun, und auch den Umständen nachgebend, auch dem Zwang der Wohnungslosigkeit, daß ich letzten Endes aber doch dieses Erlebnis, das unvergleichlich süße und behutsame Erleben des freien Lagerlebens mit meinem Untermietdasein verlängerte, das Erlebnis dieses Lebens vor und nach jeglicher Erkenntnis und unbelastet von aller Schwere des Lebens, vor allem vom Gewicht des Lebens selbst, daß ich zwar lebe, aber mit dem Gefühl lebe, daß die Deutschen jederzeit zurückkommen können; und wenn ich dieser Auffassung oder Lebensweise oder wie ich es nennen soll, einen gewissen symbolischen Sinn zuschreibe, erscheint es gleich weniger absurd, denn so ist es wirklich und wahrhaftig, im symbolischen Sinn ist es so wahr, die Deutschen können jederzeit zurückkommen, *der Tod ist ein Meister aus Deutschland*, *sein Auge ist blau*, er kann jederzeit kommen, er trifft dich, wo du auch bist, *er trifft dich genau.* So habe ich also mein Untermietdasein gelebt, so, daß ich nicht ganz lebte, und es ist unleugbar, daß es auch kein ganzes Leben war, vielmehr nur ein Weiterleben, ein Vegetieren, ja, ein Überleben, um genauer zu sein. Es ist offenkundig, daß es dann tiefere Spuren in mir hinterließ. Ich glaube, auch gewisse meiner offenkundigen Sonderbarkeiten sind hier verwurzelt. Ich glaube, ich sollte hier beispielsweise über mein Verhältnis zum Eigentum sprechen, Eigentum, das einem jeden Leben spendet, das jeden bewegt, das jeden verrückt macht, über dieses Verhältnis, das eigentlich gar nicht oder allenfalls als bloßes Negativum existiert. Ich glaube nicht, und ich kann mir auch nicht vorstellen, daß dieses Negativum ein angeborenes ist, eine Art Behinderung, womit könnte ich wohl sonst meine krampfhafte Anhänglichkeit an gewisse kleinere Dinge (Bücher) oder gerade an mein wichtigstes Eigentum: an mich selbst, erklären, daß ich dieses doch noch als Wichtigstes angesehene Eigentum – mich selbst – einerseits vor allen Arten von praktischer Selbstzerstörung, die nicht aus meiner freien Einsicht kommt, bewahre, andererseits vor der billigen und unzüchtigen Verlockung einer jeglichen Gemeinschaftsidee, die ich nebenbei auch zu den Abarten von praktischer Selbstzerstörung rechnen könnte, immer auf das bestimmteste, ich könnte sagen, radikal behütet habe und immer noch behüte, ja, noch mehr: immer mehr behüte, wenn natürlich auch nur für eine andere Art des Untergangs; nein, ich habe keine Zweifel, daß mein negatives Verhältnis zum Eigentum lediglich durch das Überleben meines Überlebens, durch diese so sehr eigentümliche und in einem gewissen Sinn nicht ganz unfruchtbare, wenn leider natürlich auch unhaltbare Lebensweise entstanden ist, die mein Untermietdasein auch so selbstverständlich erscheinen ließ. In dieser Untermiete, wo ich in jenen finstersten Jahren einzog, die wir nach den höhnischen Gesetzen der Hölle, im Chor und ohne Unterlaß jauchzend, zu den glänzendsten Jahren erklären und verklären mußten, und wo ich quasi als Retter empfangen wurde, da meine Anwesenheit anscheinend den einzigen Raum zu retten schien, der in der recht angenehmen, in einer entlegenen Seitengasse von Buda versteckten Wohnung sonst für andere in Anspruch zu nehmen, zu beschlagnahmen, zu konfiszieren, zum Einzug zu bestimmen, abzuteilen, zu requirieren und so weiter und so weiter gewesen wäre, weshalb ich eben nur eine sozusagen symbolische Miete zu zahlen hatte, die im Verlauf der späteren Jahre auch nur symbolisch angehoben wurde, in dieser Untermiete also, sage ich, da wurde ich weder zu der Zeit, als ich noch nicht an Eigentum denken konnte, noch später, als ich bereits daran denken konnte, mehr noch, vielleicht hätte denken müssen, dennoch aber nicht daran dachte, sage ich, hier wurde ich von keinerlei mit Eigentum verbundenen Gefahren bedroht oder von peinlichen und hoffnungslosen, wegen eines Rohrbruches, wegen Rissen an der Zimmerdecke oder sonstigen Gebrechen erforderlichen Maßnahmen und auch von keinen mit Eigentum verbundenen Überlegungen, ob dieses Eigentum befriedigend sei oder ob man nicht noch weiteres oder zumindest etwas befriedigenderes Eigentum erwerben solle, natürlich unter der möglichst vorteilhaften Ausnutzung, das heißt Verwertung unseres vorhandenen und nicht befriedigenden Eigentums, nein, die Zwangsvorstellung einer Veränderung ist in mir gar nicht aufgekommen, dieser Juckreiz, der mich fortgesetzt vor gedachte Wahlmöglichkeiten stellen, mich ununterbrochen irritieren und mir vormachen würde, mein Hiersein in ein Woanderssein wechseln zu können, die Wohnung im Wohnsilo, natürlich erst nach den erforderlichen Laufereien, Daraufzahlen, behördlichen Sachbearbeitungen und anderen unübersehbaren Verwicklungen, gegen eine befriedigende tauschen zu können, wobei ich doch nicht einmal weiß, was mich mehr befriedigen würde, da ich ja auch meine Wünsche nicht zur Genüge kenne, und dabei habe ich noch gar nicht über die unlösbaren Probleme der Einrichtung gesprochen, als Folge derer meine Wohnung im Wohnsilo nach so langer Zeit noch immer nicht befriedigend eingerichtet ist, ich weiß einfach nicht, wie eine Wohnung wie meine einzurichten wäre, ich habe keine Vorstellung über eine für mich einzurichtende Wohnung, ich habe keine Ahnung, was für eine Wohnung ich gern hätte und mit welchen Dingen ich sie gern eingerichtet hätte. In meinem Untermietzimmer waren sämtliche Dinge Eigentum der Vermieter, sie warteten in fertiger Anordnung darauf, daß ich mich zwischen ihnen niederlasse, und im Lauf der langen, langen Jahre, die ich zwischen ihnen verbrachte, ist es mir vermutlich nie in den Sinn gekommen, auch nur eines dieser Dinge zu verrücken, geschweige denn, sie gegen andere auszutauschen oder gar um weitere zu ergänzen, nur weil ich, sagen wir, irgendwelche Dinge gesehen, begehrt und erworben hätte (Bücher ausgenommen, meine Bücher, die ich zuerst im Schrank, dann, als der voll war, auf dem Tisch, und als auch dort kein Platz mehr war, einfach auf dem Fußboden aufbewahrte, bis die Vermieter mir einen niedrigen Behelfsbücherschrank zusätzlich hereinstellten); nein, sage ich, weder begehrte noch kaufte ich Dinge, ja, ich nahm sie wahrscheinlich nicht einmal wahr, nichts treibt mich so zur Verzweiflung wie ein mit irgendwelchen Dingen vollgestopftes Schaufenster, sie entmutigen, bedrücken, ja demoralisieren mich, und deshalb nehme ich sie, wie gesagt, vermutlich gar nicht erst wahr, was offenkundig davon zeugt, daß ich Ansprüche dieser Art kaum habe, ich begnüge mich auf diesem Gebiet, dem des Materiellen, mit dem Allernötigsten, wie man so sagt, und vermutlich bin ich wirklich dankbar, wenn ich in eine schon bestehende Ordnung der Dinge hineingestellt werde, wo ich weiter nichts zu tun habe, als die Konstellation zu akzeptieren, zu durchschauen und mich an sie zu gewöhnen. Ich glaube, ich bin dafür geschaffen, in Hotels zu leben, doch da die Zeiten sich gewandelt haben, lebte ich statt dessen nur in Lagern und möblierten Zimmern, notierte ich damals in mein Notizheft, von wo ich es nun, Jahrzehnte später, in dieses andere Notizheft hier übertrage, einigermaßen überrascht, daß ich dergleichen damals schon aufgeschrieben habe, was deutlich zeigt, daß ich auch damals nicht ganz blind für meine Lage war, für die Unhaltbarkeit dieser unhaltbaren Lage und dieses unhaltbaren Lebens. Damals, erinnere ich mich, litt ich häufig unter einem Gefühl, das eher als Krankheit zu bezeichnen wäre und das ich für meinen eigenen Gebrauch «Fremdheitsgefühl» nannte. Ich kenne dieses Gefühl schon seit frühester Kindheit sehr genau, im Grunde war es mein ständiger Begleiter im Leben, doch damals verfolgte es mich auf geradezu bedrohliche Weise, tagsüber ließ es mich nicht arbeiten, nachts ließ es mich nicht schlafen, ich war gleichzeitig bis zum Zerreißen angespannt und bis zum Umfallen erschöpft. Es ist ein begründetes Nervenleiden, nicht etwa Einbildung, ich wenigstens glaube, daß es seine Gründe eigentlich in unserer Wirklichkeit hat, in der Wirklichkeit unserer menschlichen Situation. Meist beginnt es mit dem oft nur erstaunlichen, manchmal, und besonders damals, aber unerträglich heftigen Gefühl, daß mein Leben nur an einem hauchdünnen Faden hänge, es geht nicht darum, ob ich leben oder sterben werde, hier ist vom Tod gar nicht die Rede, einzig und allein vom Leben, nur daß das Leben in mir plötzlich das Bild und die Gestalt, genauer, die Ungestalt vollkommenster Ungewißheit annimmt, daß ich mir seiner Wirklichkeit absolut nicht mehr sicher bin, ja, es erfaßt mich ein totales Mißtrauen gegenüber den sich meinen Sinnen als Wirklichkeit darstellenden, im Grunde aber zweifelhaften Erfahrungen, überhaupt gegenüber meiner *wirklichen* Existenz und der meiner Umgebung, einer Existenz, die, wie ich schon sagte, während solcher Erlebnisse, ich sollte sie vielleicht eher Anfälle nennen, also während dieser anfallartigen Erlebnisse mit dem Leben, dem meinen und dem meiner Umgebung, nur durch einen hauchdünnen Faden verbunden ist, und dieser Faden ist einzig und allein mein Verstand und sonst nichts. Mein Verstand aber ist nicht nur ein für Fehler anfälliges und, gelinde gesagt, durchaus unvollkommenes Instrument oder Sinnesorgan, oder wie ich es nennen soll, er arbeitet meist auch nur schleppend, stokkend, wie umnebelt und gelegentlich auch so gut wie gar nicht. Er folgt meinen Handlungen, wie ein im Bett liegender Grippekranker den Verrichtungen eines *anderen*, der um ihn herum hantiert, er registriert fast alles erst im nachhinein, manchmal versucht er zwar, das

Hantieren des *Fremden* mit matten Worten zu lenken, doch wenn dieser seine Worte nicht befolgt oder gar nicht hört, so nimmt er resigniert und ohnmächtig von weiteren Mühen Abstand. «Fremdheitsgefühl», das ist ein Zustand des völligen In-die-Fremde-Geworfenseins, der allerdings nicht das geringste Moment von Phantastischem, von überraschender, losgelöster Imagination enthält, sondern nur mit der Langeweile von Routine und Alltag quält, ein Zustand purer Heimatlosigkeit, der jedoch von keiner verlassenen oder auf mich wartenden Heimat weiß oder kündet, wie sie beispielsweise, und in solchen Zuständen habe ich mir die Frage oft gestellt, wie sie beispielsweise der Tod wäre. Nur, antwortete ich mir ebensooft, müßte ich dann an das Jenseits glauben, wo der Haken doch gerade der ist, daß ich nicht einmal an diese Welt glauben kann, am allerwenigsten in einem Zustand, in dem sich mir derartige Fragen zwangsläufig aufdrängen und in dem ich die Existenz einer anderen Welt, also des Jenseits, für ebenso unmöglich halte wie die Existenz dieser Welt, das heißt, ich halte es keineswegs für unvorstellbar, wenngleich natürlich auch nicht für vorstellbar, daß eine andere Welt, das Jenseits also, existiert, doch sollte es existieren, dann mit Gewißheit nicht für *mich*, da ich *hier* bin. Das heißt auch hier kaum; ich lebe gerade so halbwegs, und das erfüllt mich mit dem Gefühl einer nicht zu benennenden Schuld. Immer wieder habe ich dann versucht versuche ich noch, wenn ich so sagen darf, nüchtern zu werden, aber vergeblich, es scheint, als sei es mir ausschließlich in Form eines logischen Spiels möglich, mit dem Leben in Beziehung zu treten, so als spiele man Schach oder stelle auf dem Papier Berechnungen an, und aus dem abstrakten Ergebnis entstünde auf unergründliche Weise plötzlich doch irgendeine Realität: so, und das war damals eines meiner Lieblingsbeispiele, ich schrieb es auch in ein Notizheft, aus welchem ich es jetzt hier abschreibe, so also, schrieb ich in etwa, als halte man zwei Schnüre zusammen, schraube sie fest, stecke das eine Ende in ein Loch in der Wand, drücke einen Knopf, und die Lampe leuchtet auf; reine, bewußte Wahrscheinlichkeitsrechnung lief ab, schrieb ich, das Ergebnis war wie erwartet, trotzdem erstaunlich und in gewissem Sinne unverständlich, schrieb ich. Alles, alles nur Voraussetzung, Schlußfolgerung und Wahrscheinlichkeit, nirgendwo Sicherheit, nirgendwo letzte Gewißheit, schrieb ich. Was macht mein Sein aus, warum bin ich, was ist mein Wesen: darauf suche ich, schrieb ich, bekannterweise vergeblich wenn auch keine Antwort, so doch wenigstens verläßliche Hinweise; und fremd ist mir auch mein Körper, der mich erhält und schließlich töten wird, schrieb ich. «Wenn es vielleicht in meinem Leben einen, nur einen einzigen Augenblick gäbe, in dem ich plötzlich die Detoxikation der Leber und der Nieren, die Peristaltik des Magen- und Darmtraktes, das Aus- und Einatmen der Lungen, die systolischen und diastolischen Bewegungen des Herzens wie auch den Stoffwechsel des Gehirns mit der Außenwelt, die Bildung abstrakter Gedanken des Geistes, das Bewußtsein eines Bewußtseins, das sich über all dies und über sich selbst im klaren ist, und die zwanghafte, dennoch gnadenvolle Gegenwart meiner transzendenten Seele gleichsam im Einklang erleben würde: wenn ich nur für einen einzigen Augenblick mich selbst so *sehen, erfassen und besitzen* würde, obgleich die Rede weder von Besitzer noch von Besitz sein könnte, dann käme einfach nur *meine Identität* zustande, die nie, aber auch nie zustande kommen kann; würde sich also nur ein einziger solcher unerfüllbarer Augenblick erfüllen, so brächte das mein «Fremdheitsgefühl» vielleicht schon zum Verschwinden und lehrte mich *wissen*, nur dann wüßte ich, was es bedeutet zu sein. Weil das jedoch unmöglich ist, wissen wir bekanntlich nicht, was die *Ursache* unseres Daseins *verursacht*, und werden es auch nie wissen, wir kennen das Ziel unseres Daseins nicht, und wir wissen nicht, warum wir, da wir doch schon einmal da sind, wieder von hier verschwinden müssen, schrieb ich. Ich weiß nicht, schrieb ich, warum ich statt des Lebens, das vielleicht irgendwo existiert, bloß diese Bruchstücke leben muß, die mir zufällig zuteil geworden sind: dieses Geschlecht, diesen Körper, dieses Bewußtsein, diesen geographischen Schauplatz, dieses Schicksal, diese Sprache, diese Geschichte und dieses Untermietdasein, schrieb ich. Jetzt, da ich aufschreibe, was ich damals aufschrieb, wird plötzlich eine lange vergangene Nacht in mir lebendig, ein Traum, genauer, ein Wachsein, ein Wachtraum vielleicht oder ein traumgleiches Wachen, ich weiß es nicht, aber ich erinnere mich außerordentlich genau daran, so, als wäre alles erst gestern geschehen. Ein ungewöhnlich heftiges, bislang nie empfundenes «Fremdheitsgefühl» schreckte mich auf oder ließ mich in Schlaf versinken, ich weiß es nicht, und es ist auch ganz gleichgültig. Auch dies war eine erhellende Nacht, so erhellend wie diese Nacht jetzt, samtschwarz schimmernd und durchdrungen von einem reglosen, stummen, jedoch unerschütterlichen Bewußtsein, und plötzlich erkannte ich: es ist eigentlich völlig unmöglich, daß dieses schneidende, dieses leidende Bewußtsein plötzlich einfach erlischt und aus der Welt verschwindet. Ja, als sei dieses Bewußtsein überhaupt nicht *mein* Bewußtsein, sondern ein Bewußtsein *über mich*, von dem ich zwar weiß, über das ich aber nicht verfügen kann, als sei es kein ausschließlich zu mir gehöriges, sondern ein immer vorhandenes und präsentes Bewußtsein, von dem ich mich einfach nicht befreien kann und das mich, mich persönlich, völlig umsonst und unnütz zu Tode quält. Andererseits spürte ich ganz deutlich, daß dieses leidende Bewußtsein eigentlich kein unglückliches Bewußtsein ist, und wenn ich, gewissermaßen nur als Gegenstand dieses Bewußtseins, in diesem Augenblick auch unglücklich bin, ist es eher das Bewußtsein der eigenen Ohnmacht diesem Bewußtsein gegenüber, diesem erbarmungslosen, ewigen, peinigenden und bei alledem, ich sage es, nicht im mindesten unglücklichen Bewußtsein gegenüber. Völlig erwacht oder völlig in Schlaf gesunken, ich sage ja, das ist gleichgültig, im nachhinein also war es unmöglich, nicht auf ein Mysterium zu schließen, beziehungsweise es war unmöglich, nicht wenigstens Betrachtungen darüber anzustellen, daß dieses Bewußtsein *Teil* von etwas ist, das auch mich in sich einschließt, daß es nicht zu meinem Körper gehört, aber auch nicht völlig zu meinem Geist, obschon mein Geist mir vermittelt, daß es nicht ausschließlich zu mir gehört und daß in der Tat dieses Bewußtsein vielleicht der allerletzte Kern meines Seins ist, der das Ganze, also mein Sein, hervorgebracht und entwickelt hat. Es war unmöglich, nicht daran zu denken, daß diesem Bewußtsein folglich eine Aufgabe zukommt, und selbst wenn ich diese Aufgabe nur als Hypothese betrachte, ist ihr Gebot doch unverletzbar, genauer gesagt, verletzbar ist es natürlich, aber eben nur mit dem Gefühl, das Gebot verletzt zu haben, das heißt mit dem Gefühl von Schuld; und gleichzeitig, und was mich betrifft, empfinde ich das als das Allermerkwürdigste, ist dieses Gebot trotzdem, wie soll ich sagen, kein ausschließlich moralisches Gebot, nein, es sind darin Momente, die gewissermaßen direkt auf handwerkliche Begabungen ausgerichtet sind, Anforderungen, ja sogar Forderungen, nämlich, daß die Welt «aufgebaut werden muß», «nachgeahmt werden muß», «erlernt werden muß», und wenn es an der Zeit ist, müssen wir das vorweisen können, egal warum, egal wem, jedwedem, der sich eines Tages wegen uns und (vielleicht) für uns schämen wird, daß also das *Verständnis* der Welt die religiöse Aufgabe des Menschen ist, völlig unabhängig von den verkrüppelnden Religionen verkrüppelnder Kirchen, ja daß ich letzten Endes darin und nur darin: im Verständnis der Welt und meiner Situation, wie soll ich sagen, um nicht zu sagen, was ich sagen muß: meine Erlösung suchen kann, ja was sonst sollte ich suchen, da ich schon etwas suche, wenn nicht meine Erlösung.

Andererseits dachte ich jedoch, daß alles das bloß Gedanken seien, die man sich machen *muß*, daß man sich diese Gedanken also nur aufgrund seiner Situation macht, durch seine Situation gezwungen ist, sich diese Gedanken zu machen, und da die Situation des Menschen, wenigstens in gewisser Beziehung, im voraus festgelegt und bestimmt ist, kann sich der Mensch nur im voraus bestimmte Gedanken machen oder doch zumindest nur über im voraus festgesetzte und bestimmte Dinge, Themen und Probleme sinnen und nachdenken. Aus dem folgt, dachte ich, ich müßte mir solche Gedanken machen, die ich mir nicht machen *muß*, obschon ich mich heute nicht mehr daran erinnere, ob ich mir diese Gedanken dann wirklich machte, außer natürlich, daß ich überhaupt dachte, was ich nicht tun *mußte*, und außer daß ich Schriftsteller und Übersetzer geworden war, was ich am allerwenigsten werden *mußte*, ja sogar nur wider die Umstände werden konnte, indem ich die Umstände überlistete und betrog, mich unablässig im Labyrinth der Umstände versteckte und dem stierköpfigen Ungeheuer entfloh, dessen rasende Tatzen mich jedoch manchmal, gewissermaßen in der Eile, zu Boden traten, wider diese furchtbaren, diese verheerenden Umstände, die Gedanken in keiner Form duldeten, es sei denn in Form von Sklavengedanken, also überhaupt keine, Umstände, die allein die Sklavenarbeit priesen, glorifizierten und feierten und unter denen ich sozusagen nur im verborgenen leben, überhaupt sein und existieren konnte, indem ich mich lauthals selbst verleugnete und furchtsam und verschwiegen meine samtschwarze Nacht und meine vergeblichen Hoffnungen in mir hütete, die mir erst viele viele Jahre später, vielleicht zum erstenmal da über die Lippen kamen, als ich immer wieder diese Frauenaugen gewahrte, die sich an mir festgesogen hatten, als wollten sie in mir eine Quelle zum Sprudeln bringen, damals an jenem Abend, als ich vom «Herrn Lehrer» erzählte: daß ein reiner, von keinem fremden Stoff, also weder von unserem Körper noch von unserer Seele, noch von den in uns lebenden wilden Tieren infizierter Begriff *existiert*, ein Gedanke, der in unser aller Geist gleichermaßen als Vorstellung lebt, ja eine Idee, an die ich, aber das sagte ich schon nicht mehr, nur insgeheim gedacht habe, an die vielleicht auch ich mich heranpirschen, annähern kann, ja die mir vielleicht sogar schriftlich zu formulieren gelingen kann, ein Gedanke, den ich so habe, daß ich ihn nicht haben *muß*, sondern den ich sozusagen unabhängig von mir habe und den ich selbst dann noch habe, wenn er gegen mich spricht, selbst dann, wenn er mich vernichtet, ja dann vielleicht erst recht, denn daran vielleicht erkenne ich ihn, das ist vielleicht das Maß dieses Gedankens ... Ja, so etwa lebte ich damals. Und jetzt, da ich all dies erzähle, verstehe und erkenne ich auch ungefähr, was ich verstehen und erkennen muß. Und auf die Frage, ob sich dieser Augenblick von anderen, ähnlichen beziehungsweise nicht im geringsten ähnlichen Augenblicken einer beginnenden Beziehung oder eines Verhältnisses unterschied, muß ich antworten: jawohl, er unterschied sich grundlegend von ihnen. So wie auch ich mich, wenigstens in gewissem Sinn, grundlegend von mir selbst unterschied. Fasse ich nämlich mein damaliges Untermietdasein zusammen: meine damaligen Gedanken, Neigungen, Beweggründe, meine ganze Überlebenssituation als Untermieter, muß ich erkennen, daß, den Anzeichen nach, schon damals alles bereit in mir war, was mich reif sein ließ für eine *Zustandsveränderung*. Ich irre sicher nicht, wenn ich denke, daß ich damals zu denken begann, daß ich falsch, also unhaltbar und unerträglich über mein Leben nachdenke. Daß ich mein Leben nicht länger bloß als eine auf den willkürlichen Zufall meiner Geburt folgende Aneinanderreihung weiterer willkürlicher Zufälle betrachten darf, weil dies nicht nur unwürdig und irrig, also unhaltbar, ja unerträglich, sondern vor allem auch *unbrauchbar* wäre, eine zumindest für mich unerträgliche und beschämend unbrauchbare Betrachtung des Lebens, daß ich es statt dessen eher als eine Aneinanderreihung von Erkenntnissen sehen muß und will, in denen mein Stolz, wenigstens mein Stolz Befriedigung findet. Folglich konnte der Augenblick, in dem sich entschied, daß ich mit einer Frau bald schlafen würde, das heißt mit *ihr*, die dann meine Frau wurde und es später nicht mehr war: selbst der Augenblick konnte kein zufälliger Augenblick gewesen sein. Denn es ist völlig klar, daß alles, was ich hier aufgeschrieben habe und was, wie gesagt, schon in mir bereit war und mich reif sein ließ für eine *Zustandsveränderung*, in diesem Augenblick gleichsam zusammenfloß, auch wenn ich mir dessen, der Natur der Dinge gemäß, noch gar nicht bewußt sein konnte, ja auch wenn ich mich selbst nicht daran erinnern kann, nur an das in den huschenden Lichtern der Nacht mir zugewandte Gesicht, das weich und zugleich glasig verschwommen schimmerte wie eine Großaufnahme aus einem Film der dreißiger Jahre. Wer hätte gedacht, wohin und wozu mich dieses verheißungsvoll dämmernde Gesicht verrühren würde. Und wenn ich hinzufüge, daß, wie sich später zeigte, auch in ihr, meiner künftigen (oder ehemaligen) Frau alles schon bereit war, was auch sie reif sein ließ für eine *Zustandsveränderung*, dann kann ich behaupten, daß unser beider Zusammentreffen nicht nur ein nicht zufälliges, sondern geradezu ein schicksalhaftes Zusammentreffen war. Ja, es war erst kurze Zeit vergangen, und schon sprachen wir von einem gemeinsamen Leben: in Wirklichkeit jedoch wollten wir das Schicksal, jeder von uns sein eigenes Schicksal, das immer einzigartig, dem keines anderen vergleichbar und mit dem keines anderen identisch ist. So redeten wir denn, worüber auch immer, stets an den Dingen vorbei, alles waren nur Vorwände und Ausflüchte, wenn auch zweifellos wenigstens keine bewußten, wissentlichen Vorwände und Ausflüchte, also keine Lügen. Denn woher auch hätte ich wissen können, was ich heute besser als alles andere weiß, daß alles, was ich tue und was mir getan wird, daß meine Zustände und meine periodischen Zustandsveränderungen, überhaupt: mein ganzes Leben – oh Gott! –, daß alles mir lediglich als Mittel der Erkenntnis in der Aneinanderreihung meiner Erkenntnisse dient – meine Ehe zum Beispiel als Mittel zu der Erkenntnis, daß ich in einer Ehe nicht leben kann. Und so entscheidend diese Erkenntnis in der Aneinanderreihung meiner Erkenntnisse war, so verhängnisvoll war sie freilich im Hinblick auf meine Ehe, auch wenn ich andererseits, kühl betrachtet, ohne diese Ehe natürlich niemals oder höchstens auf dem Weg abstrakter Schlußfolgerungen zu dieser Erkenntnis hätte gelangen können. Somit scheint jede Anklage und Selbstanklage unabwendbar, die einzige mir zukommende Rechtfertigung ist mit der gegen mich zu erhebenden Anklage identisch: daß ich meine Ehe, die ich, wie ich heute weiß, zweifellos mit der Absicht und zum Zweck der Selbstliquidierung eingegangen bin, damals, als ich sie einging, so glaubte ich wenigstens, ganz im Gegenteil im Zeichen der Zukunft und des Glücks einging, jenes Glücks, über das meine Frau und ich so oft und so ängstlich, doch vertraut und entschieden sprachen wie über eine uns streng auferlegte, geheime und fast harte Pflicht. Ja, so war es, und heute sehe ich unser ganzes Leben mit allen seinen Tönen, Ereignissen und Gefühlen in einer verschwommenen, verworrenen Einheit, oder, wie merkwürdig das auch sein mag, vielmehr höre ich es wie ein musikalisches Geflecht, in dem das zentrale, das große, das alles hinwegfegende, einzige Thema ununterbrochen reift und sich verdichtet, um dann entfesselt und alles übertönend die unumschränkte Alleinherrschaft zu übernehmen: *mein Dasein als Möglichkeit deines Seins betrachtet*, weiter: *dein Nicht-Sein als notwendige und radikale Liquidierung meines Daseins betrachtet.* Es war nur ein Vorwand, daß ich an jenem Abend, als ich vom «Herrn Lehrer» erzählte, meiner Frau, die damals noch nicht meine Frau war und heute nicht mehr meine Frau ist, sofort die Lehren aus dem Fall des «Herrn Lehrers», genauer gesagt, die Lehren seiner Tat ausführte, daß ich ihr die Chancen beziehungsweise die Chancenlosigkeit von Taten, die in solchen Situationen, also in Situationen des Totalitarismus möglich sind, aufdeckte und erklärte. Denn der Totalitarismus, sagte ich, ist eine widersinnige Situation, und demzufolge sind sämtliche sich darin ergebenden Situationen ebenfalls bloß widersinnig, obschon wir, sagte ich, und das ist vielleicht das Widersinnigste dabei, mit dem Wesen unseres Lebens, allein mit dessen bloßem Erhalt, zum Erhalt des Totalitarismus beitragen, sofern wir freilich auf dem Erhalt unseres Lebens bestehen; und das ist bloß ein sich quasi von selbst ergebender, man kann sagen primitiver Trick der Organisation. Die Hypothesen des Totalitarismus basieren sozusagen natürlicherweise auf dem Nichts, sagte ich. Auslese, Aussonderung und die zu deren Grundlage ernannten Begriffe sind allesamt nichtexistente und nichtige Begriffe, sagte ich, und sie haben keine andere Wirklichkeit als ihren puren Naturalismus – zum Beispiel, daß man in eine Gaskammer hineingestoßen wird, sagte ich. Ich fürchte, das war nicht besonders unterhaltsam, und denke ich jetzt darüber nach, ob ich mit dem Gesagten eine andere, über das Gesagte hinausgehende Absicht hatte, so erinnere ich mich, daß ich sie nicht hatte; ich erinnere mich, daß nur noch meine Gehetztheit aus mir sprach, mein Redezwang, der mich auch wenige Stunden zuvor in jener Runde hatte sprechen lassen, ferner der Eindruck, daß, wie komisch oder ungewöhnlich es auch sein mag, die neben mir laufende, auf hohen, klappernden Absätzen neben mir laufende Frau, die ich von der Seite und im nächtlichen Dämmerlicht nur undeutlich sehen konnte, aber auch gar nicht zu sehen versuchte, da mir noch ihr Bild vor Augen stand, wie sie, vor kaum einer Stunde, über den blaugrünen Teppich gewatet und auf mich zugekommen war, als käme sie übers Meer, daß also die Frau an meiner Seite *interessiert* war an dem, was ich sagte. Täter und Opfer, sagte ich, erweisen in der Totalität stets einer Sache: der Sache des Nichts, ihren totalen Dienst, obwohl natürlich, sagte ich, dieser Dienst *bei weitem kein gleichgearteter* Dienst ist. Und daß, obwohl die Tat des «Herrn Lehrers» eine in der Totalität vollbrachte, durch die Totalität erzwungene Tat war, letztendlich also eine Tat der Totalität, das heißt des Widersinns, die Tat selbst jedoch eine Tat des über den totalen Widersinn errungenen totalen Sieges war, weil gerade und nur hier, in der Welt der totalen Vernichtung und Ausrottung, die Unausrottbarkeit der im «Herrn Lehrer» lebenden – wenn man so will: fixen – Idee zur *Offenbarung* werden konnte. Dann fragte sie, ob ich neben dem, was ich zu erleiden gehabt habe, auch unter meinem Judentum selbst gelitten habe oder vielleicht leide. Ich antwortete, darüber müsse ich nachdenken. In der Tat, seit langem, von der ersten Regung meiner Gedanken an, weiß ich, spürte ich, daß meinem Namen eine rätselhafte Schande anhaftet und daß ich diese Schande von irgendwoher mitgebracht habe, von irgendwoher, wo ich nie war, und daß ich sie für irgendein Vergehen mitgebracht habe, das mein Vergehen ist, obwohl ich es nie beging, und sie verfolgt mich mein ganzes Leben lang, ein Leben, das zweifellos nicht mein Leben ist, obgleich ich es bin, der es lebt und der daran leidet und der daran zugrunde gehen wird. Doch alles das, denke ich, sagte ich, muß nicht unbedingt aus meinem Judentum folgen, es kann auch einfach aus mir, aus meinem Wesen folgen, aus meiner Person, meiner Transzendenz, wenn ich so sagen darf, oder aus den allgemeinen Verhaltensweisen und Umgangsformen, die man mir entgegenbrachte und die bei mir wieder zutage treten, klar und deutlich, aus den gesellschaftlichen Zuständen und aus meinem persönlichen Verhältnis zu diesen Zuständen, sagte ich, denn, sagte ich, *das Urteil kommt nicht mit einemmal, das Verfahren geht allmählich ins Urteil über*, wie geschrieben steht, sagte ich. Die Rede kam auch auf jene Erzählung von mir, die sie gelesen hatte und über die sie, wie sie sagte, *unbedingt* mit mir reden müsse. So bin ich gezwungen, über diese Arbeit zu reden, grob zu umreißen, was für eine Art von Erzählung es überhaupt war. Es war eine von jenen längeren Erzählungen, die man auch «Kurzroman» zu nennen pflegt, und sie war zu dieser Zeit gerade in einer dicken Sammlung von Erzählungen und Kurzromanen erschienen, nicht ohne beschämende, jeder Beschreibung spottende Komplikationen im Vorfeld, deren Darstellung ich mich enthalte, weil sie mich langweilen und anwidern, zumal sie als solche nur ein bescheidener, man darf sagen entbehrlicher Beitrag zum ungarischen Literaturbetrieb sind, zu diesem beschämenden und jeder Beschreibung spottenden Literaturbetrieb, der auf Aussonderungen, Privilegien, Vorlieben, Abneigungen und einem amtlich wie geschäftlich vertraulich gehandhabten System von schwarzen Listen basierte, in dem Qualität ständig Verdächtigungen ausgesetzt war und grober Dilettantismus triefend als Genialität verehrt wurde und der vor allem erbärmlich und beschämend war und dessen mal entsetzter, mal betroffener, mal gleichgültiger, stets jedoch nur außenstehender Beobachter ich war und bin, sofern ich überhaupt bin und sein muß, ach, was habe ich mit der Literatur zu tun, mit deinem goldenen Haar, Margarete, ist doch der Kugelschreiber mein Spaten, das Grabmal deines aschenen Haares, Sulamith; ja, und diese Erzählung, oder meinetwegen dieser Kurzroman, ist der Monolog eines Mannes, eines eher noch jungen Mannes. Dieser Mann, den seine Eltern in strengstem christlichem Geist, um nicht zu sagen in Bigotterie, erzogen haben, erfährt jetzt, in den Tagen der Apokalypse, daß auch ihm das gebrochene Siegel auferlegt ist: im *Geist* der plötzlich in Kraft tretenden sogenannten Gesetze wird er zum Juden erklärt. Jetzt, bevor er ins Ghetto, in den Viehwaggon, wer weiß – am allerwenigsten er selbst – wohin gebracht und zu was für einem Tod verurteilt wird, schreibt er auch noch seine Geschichte auf, «die Geschichte jahrzehntelanger Feigheit und Selbstverleugnung», wie er schreibt, das heißt ich ihn schreiben lasse. Beachtenswert bei alldem ist nun, daß er in seiner Existenz als frischgebackener Jude Befreiung von seinem Judenkomplex, seine Befreiung überhaupt findet. Er muß nämlich erkennen, daß man durch Verbannung aus einer Gemeinschaft keineswegs automatisch Mitglied einer anderen Gemeinschaft wird. Was gehen mich, fragt er, das heißt lasse ich ihn fragen, die Juden an. Nun, da auch er ein Jude ist, wird ihm klar, das heißt mache ich ihm klar: nichts. Solange er die Privilegien des Nicht-Jüdischseins genoß, hatte er unter den Juden, dem Jüdischsein gelitten, genauer unter dem korrupten, würgenden, mörderischen und zu Morden führenden System von Vorrechten und Aussonderungen. Er litt unter manchen seiner Freunde und Amtskollegen, unter der ganzen weiteren Gemeinschaft, von der er geglaubt hatte, sie sei seine Heimat; er litt unter ihren Gehässigkeiten, ihrer Beschränktheit, ihrem Fanatismus. Besonders graute ihm vor den unausweichlichen Debatten über Antisemitismus, vor der qualvollen Vergeblichkeit all dieser Debatten, weil der Antisemitismus, wie er erkennt, das heißt, wie ich ihn erkennen lasse, keine Überzeugung ist, sondern eine Frage der Veranlagung und des Charakters, «die Moral der Verzweiflung, das Wüten des Selbsthasses, die Vitalität der Untergehenden», sagt er, das heißt lasse ich ihn sagen. Andererseits legte er den Juden gegenüber auch eine gewisse Befangenheit an den Tag, weil er zwar versuchte, sie zu lieben, sich jedoch des Erfolgs dieses Experiments nie sicher war. Unter seinen Bekannten, auch unter seinen Freunden gab es Juden, die er entweder mochte oder nicht mochte. Doch das war etwas anderes, weil er sie aus rein persönlichen Gründen mochte oder nicht mochte. Wie aber kann man Liebe empfinden für einen so abstrakten Begriff wie beispielsweise den Begriff Judentum. Oder für eine unbekannte Masse, die man in diesen Begriff preßt. Selbst wenn es gelang, sie zu lieben, dann doch nur so, wie man ein ausgesetztes Tier liebt, das man füttert, von dem man deswegen aber nicht weiß, wovon es träumt und wozu es fähig ist. Nun hatte er sich von dieser Qual befreit, von seiner ganzen vermeintlichen Verantwortung. Nun konnte er endlich reinen Herzens die verachten, die er verachtete, und mußte nicht mehr lieben, die er nicht liebte. Er war frei geworden, weil er keine Heimat mehr besaß. Er hatte bloß noch zu entscheiden, in welcher Eigenschaft er sterben wollte. Als Jude, als Christ, als Held oder als Opfer, oder vielleicht als Geschädigter der metaphysischen Absurdität, des demiurgischen Neochaos? Da ihm diese Begriffe nichts sagten, beschloß er, wenigstens die reine Tatsache seines Todes nicht durch Lügen zu besudeln. Er hält alles für einfach, weil er das Recht auf Hellsicht erworben hatte: «Hören wir auf, nach einem Sinn zu suchen, wo keiner ist: das Jahrhundert, dieses unablässig diensttuende Erschießungskommando, bereitet sich wieder einmal auf eine Dezimierung vor, und das Schicksal wollte es, daß das Los des Zehnten auch auf mich fiel – das ist alles», lauteten seine letzten Worte, meine Worte natürlich. Natürlich ist das Ganze nicht so dürftig, doch ich beschränke mich hier auf das Wesentliche – die Dialoge, die Wendungen, die Umgebung, die anderen Figuren, auch seine Geliebte, die ihn verläßt, lasse ich beiseite. Zuletzt sehen wir unseren Mann auf der Erde sitzend, wie er sich, von einem unstillbaren Gelächter geschüttelt, nach vorn und nach hinten biegt. Auch als Titel plante ich «Das Gelächter», diesen Titel verwarf jedoch der Direktor des Verlages, von dem allgemein bekannt war, daß er auch im Amt – im Verlag – ständig seine *Dienstwaffe* bei sich hatte, obwohl man ihn ansonsten nicht in Uniform sah und er die *Dienstwaffe* – eine Pistole – nicht am Koppel, sondern in der prallen hinteren Hosentasche trug, dieser *Direktor* also lehnte den Titel als «zynisch», «die heiligen Erinnerungen mit Füßen tretend» und so weiter ab, doch wenn auch mit verstümmeltem Titel, so konnte die Erzählung doch erscheinen, was ich bis heute nicht verstehe und auch nicht verstehen will, weil es mich anwidert, das unentwirrbare Geflecht versteckter Absichten zu durchschauen und womöglich zu verstehen, ein Geflecht, das nichts verschont, alles zerstört und selbst das, was es existieren läßt, nur in zerstörerischer Absicht existieren läßt, wie die von mir geschaffene Figur begnüge auch ich mich mit der Erklärung, daß meine Erzählung – wie auch immer – bei der Dezimierung – vielmehr bei der Drittelung – zufällig eine Glückszahl gezogen hat. Meine Frau berührte an dieser Geschichte, daß, wie sie sagte, *man selbst über sein Judentum entscheiden könne.* Bisher habe sie sich, sooft sie von Juden handelnde, sich mit Juden befassende Publikationen las, stets wie jemand gefühlt, *dessen Gesicht man von neuem in den Schlamm drückt.* Jetzt fühle sie zum erstenmal, sagte meine Frau, daß sie *den Kopf erheben könne.* Beim Lesen meiner Erzählung, sagte meine Frau, habe sie gefühlt, was mein «Held» fühlt, der zwar stirbt, zuvor jedoch *seine innere Befreiung erfährt.* Wenn auch nur für einen vergänglichen Augenblick, so habe sie doch dieses befreiende Gefühl erlebt, sagte meine Frau. Diese Erzählung habe sie, viel mehr als alles bisher, *zu leben gelehrt*, sagte meine Frau, und schon zum zweiten Male an diesem Abend huschte dieses rasch wechselnde und auffliegende Mienenspiel über ihr Gesicht, diese, ich kann es nicht anders sagen, Chromatik ihres Lächelns, die in mir das Gefühl erzeugte, zerschmelzen und mich in was auch immer verwandeln zu können. Doch bald lernte ich den Hintergrund ihrer Äußerungen, die Kindheit und Jugend meiner Frau kennen. Diese Kindheit und Jugend stand, obwohl meine Frau schon nach Auschwitz geboren war, ganz im Zeichen von Auschwitz. Genauer, im Zeichen des Judentums. Im Zeichen des Schlamms, um oben gebrauchtes Wort meiner Frau zu zitieren. Die Eltern meiner Frau waren in Auschwitz gewesen, den Vater, einen großen, kahlköpfigen Mann mit einem in Anwesenheit von Fremden vorsichtig herben, im Freundes- und Familienkreis aber bitter gelösten Gesicht, lernte ich noch kennen, die Mutter hatte sie früh verloren. Sie war an einer Krankheit gestorben, die sie aus Auschwitz mitgebracht hatte, durch die sie mal aufschwoll, mal abmagerte, mal an Koliken litt und Ausschläge bekam, die Wissenschaft war ihrer Krankheit gegenüber im Grunde machtlos, wie die Wissenschaft auch der auslösenden Ursache dieser Krankheit, Auschwitz gegenüber, machtlos ist: die Krankheit der Mutter meiner Frau nämlich war eigentlich Auschwitz, und von Auschwitz wird man nicht geheilt, von der Krankheit Auschwitz wird niemals jemand genesen. Bei ihrer Entscheidung, Ärztin zu werden, sagte meine Frau, haben die Krankheit und der frühe Tod ihrer Mutter eine entscheidende Rolle gespielt. Später, als wir einmal über solche Dinge redeten, zitierte meine Frau ein paar Sätze, sie wisse nicht mehr, sagte sie, wo sie sie gelesen habe, doch sie habe sie seither nicht mehr vergessen. Nicht sofort, doch ziemlich bald fand ich heraus, daß meine Frau diese Sätze wahrscheinlich in einer der Abhandlungen der *Unzeitgemäßen Betrachtungen* gelesen hatte, namentlich in der mit dem Titel *Vom Nutzen und Nachteil der Historie*, und das hat mich wiederum in dem Glauben bestärkt, daß die Sätze, die uns nötig sind, früher oder später zu uns finden – denn ohne diesen Glauben würde ich nicht verstehen, wie diese Sätze zu meiner Frau gelangen konnten, die sich für Philosophie, vor allem aber für Nietzsche, soviel ich weiß, nie interessiert hat. Diese Sätze, die ich sehr bald in dem uralten, rot gebundenen, zerfledderten Nietzsche-Band fand, den ich einst in einem dunklen Winkel eines Antiquariats erbeutet hatte, lauteten: *Es gibt einen Grad von Schlaflosigkeit, von Wiederkäuen der Vergangenheit, von historischem Sinnen, bei dem das Lebendige zu Schaden kommt und zuletzt zugrunde geht, sei es nun ein Mensch oder ein Volk oder eine Kultur.* Und dann, oder noch vorher, in der Eile weiß ich es nicht mehr: ... *wer sich nicht auf der Schwelle des Augenblicks, alle Vergangenheiten vergessend, niederlassen kann, wer nicht auf einem Punkt wie eine Siegesgöttin ohne Schwindel und Furcht zu stehen vermag* – doch ab hier sagte es meine Frau bereits auswendig: ... *der wird nie wissen, was Glück ist, und noch schlimmer: er wird nie etwas tun, was andere glücklich macht.* Meiner Frau war ihre jüdische Herkunft und alles, was damit zusammenhing, schon in frühester Kindheit nahegebracht worden. Es habe eine Zeit in ihrem Leben gegeben – «als ich ein kleines Mädchen war, mit Pferdeschwanz und Sommersprossen», sagte meine Frau –, da habe sie sich vorgestellt, *die anderen Kinder würden sie dafür einmal sehr lieb haben.* Jetzt, da ich ihre Worte niederschreibe, sehe ich sie plötzlich vor mir, wie sie lachte, als sie das sagte. Später sei ihr Judentum für sie identisch geworden mit dem Gefühl der Aussichtslosigkeit. Das Gestraftsein, der Kleinmut, der Argwohn, die lauernde Angst, die Krankheit der Mutter. Ein dunkles Geheimnis unter Fremden, das Ghetto der *Juden-Gefühle*, der *Juden-Gedanken* zu Hause. Nach dem Tod der Mutter war die Schwester des Vaters zu ihnen gezogen. Sie hat ein richtiges Auschwitz-Gesicht, habe sie sofort gedacht, sagte meine Frau. In jedem nur den einstigen oder künftigen Mörder sehen. «Ich weiß nicht, wie ich mich trotz alledem noch zu einer relativ normalen Frau entwickeln konnte.» Sobald *Juden-Angelegenheiten* zur Sprache kamen, habe sie augenblicklich das Zimmer verlassen. «Irgend etwas versteinerte sich in mir und leistete Widerstand.» Sie hielt sich kaum mehr zu Hause auf. Das Lernen war Flucht, ebenso wie später die Medizin und ihre Liebesbeziehungen, einige kurze und heftige Abenteuer. Zwei «Schreckenserlebnisse» habe es in ihrem Leben gegeben, sagte meine

Frau. Beide, so erinnere sie sich, im Alter von etwa sechzehn, siebzehn Jahren. Einmal habe sie, ziemlich erregt, über die Französische Revolution gesprochen und gesagt, daß diese Revolution auch nicht viel besser gewesen sei als die Nazis. Die Tante habe daraufhin gesagt, so dürfe sie, als Jüdin, nicht von der Französischen Revolution reden, denn wenn es die Französische Revolution nicht gegeben hätte, so würden die Juden noch heute in Ghettos leben. Nach dieser Zurechtweisung, so erinnerte sich meine Frau, habe sie zu Hause über Tage, vielleicht sogar über Wochen kein einziges Wort mehr gesprochen. Sie habe damals das Empfinden gehabt, daß sie selbst gar nicht mehr existiere, daß sie keinen Anspruch habe auf eigene Gefühle, eigene Gedanken, daß sie, nur weil sie Jüdin sei, ausschließlich *Juden-Gefühle und Juden-Gedanken* haben dürfe. Damals habe sie zum erstenmal ausgesprochen, was sich in ihr formuliert hatte: *daß man sie jeden Tag mit dem Gesicht in den Schlamm drücke.* Das andere Erlebnis: Sie sitzt da, ein Buch in der Hand, ein Buch voller Greuel, voller Photographien dieser Greuel, ein Gesicht hinter Stacheldraht, mit leerem Blick und Brille, ein kleiner Junge mit erhobenen Händen, gelbem Stern und einer unförmigen Mütze, die ihm in die Augen gerutscht ist, zu beiden Seiten bewaffnete Soldaten, sie betrachtet diese Bilder und ein kaltes, hämisches, sie selbst erschrekkendes Gefühl beschleicht ihr Herz, und sie denkt genau das, was auch der «Held» in meiner Erzählung denkt: «Was geht das mich an? Ich bin doch selbst Jüdin», sagte meine Frau. Doch solange sie noch nicht in meiner Erzählung auf solche und ähnliche Gedanken gestoßen war, habe sie so etwas immer nur mit Angst gedacht und hinterher davon Schuldgefühle bekommen. Deshalb, sagte meine Frau, habe sie nach dem Lesen meiner Erzählung das Gefühl gehabt, *den Kopf erheben zu können.* Und mehr als einmal wiederholte sie, daß ich sie *lehre zu leben*, daß sie sich neben mir, sagte meine Frau, frei fühle. Jetzt, in meiner dunklen und erhellenden Nacht, steigen diese Stimmen, Bilder und Motive aus dem Geflecht der wenigen, wie im Flug vergangenen Jahre auf, die meine Ehe waren, und ich sehe uns plötzlich dort am Fenster, am Fenster unserer Wohnung, wieder war Nacht, eine nicht mehr winterliche und noch nicht ganz frühlingshafte Nacht, durch den abscheulichen Gestank der Großstadt brach, wie eine Botschaft aus dem Jenseits, allmählich ein Duft, vielleicht von fernen Pflanzen, die gleichsam aus Gewohnheit wieder erwacht waren und nun aus Gewohnheit wieder leben wollten, auf der gegenüberliegenden Straßenseite wankten drei angetrunkene Männer, aus der nahen Kneipe kommend, nach Hause, der helle Kragen am Lammfellmantel des einen leuchtete zu unserem Fenster herauf, sie stützten sich gegenseitig und sangen halblaut irgendein Lied, auf der Straße huschten eben die letzten Autos vorbei, für einen Augenblick trat Stille ein, und da drangen, wie in einer Orchesterpause, auch ihre Stimmen ganz deutlich zu uns herauf, und wir hörten genau, wie sie sangen: *Grad kommen wir von Auschwitz her, und sind schon wieder mehr, als wir es vorher waren*, hallte es durch die Nacht, eigentlich hatte ich es im ersten Augenblick noch gar nicht verstanden, dann verstand ich es, dachte aber, was geht es mich an, schließlich ist der sogenannte Antisemitismus eine reine Privatsache, an der ich persönlich zwar überall und jederzeit zugrunde gehen kann, doch heute, nach Auschwitz, wäre das nur noch ein reiner Anachronismus, dachte ich, ein Irrtum, dem, wie H. sagen würde, nicht H., der Führer und Reichskanzler, sondern H., der Philosoph und Mundschenk aller Führer und Reichskanzler, der *Weltgeist* nicht mehr innewohnt, Provinzialismus also, nichts sonst, Genius loci, lokaler Idiotismus, und wenn sie mich erschießen oder totschlagen wollen, dachte ich, dann werden sie schon Bescheid sagen, dachte ich, wie sie es ja gewöhnlich vorher immer getan haben. Erst da blickte ich zu meiner Frau, vorsichtig, weil sie so verdächtig schwieg, und im kalten Licht der Straße und dem von hinten einfallenden wärmeren Licht des Zimmers sah ich, daß über ihr Gesicht Tränen liefen. Daß das nie ein Ende hat, sagte meine Frau, vor diesem Fluch gibt es kein Entrinnen, sagte sie, wenn sie wenigstens wüßte, was sie zur Jüdin machte, da sie an diese Religion nun einmal nicht glauben könne, da sie, sei es aus Nachlässigkeit, aus Feigheit oder wegen anderer Neigungen, die spezifisch jüdische Kultur der Juden einfach nicht kenne und sich auch nicht dafür interessieren könne, sie interessiere sie einfach nicht, sagte sie, was also mache sie zur Jüdin, da doch weder die Sprache noch die Lebensführung, noch sonst irgend etwas sie von den anderen um sie herum unterscheide, es sei denn, sagte sie, irgendeine in ihren Genen steckende geheime Urbotschaft, die sie selbst nicht höre und daher auch nicht kenne. Und da sagte ich ihr ruhig, hart und fast berechnend, wie ein gut geführter Dolchstoß oder eine plötzliche, kräftige Umarmung, daß all dies vergeblich sei, vergeblich suche sie nach vermeintlichen Gründen und irrigen Erklärungen, zur Jüdin mache sie ein einziger Umstand, nur dieser und sonst nichts: *Daß du* **nicht** *in Auschwitz warst*, sagte ich zu ihr, woraufhin meine Frau zuerst verstummte, wie ein Kind, das plötzlich Angst bekommt, bald aber verwandelte sich ihr Gesicht wieder in ihr eigenes, in das mir bekannte Gesicht meiner Frau, zugleich jedoch auch in das einer anderen, das ich in dem mir bekannten Gesicht jetzt erst entdeckte, so daß mich diese Entdeckung fast erschütterte; und da begannen unsere damals schon nicht mehr so glühenden Nächte aufs neue zu glühen. Ja, denn damals zeigten sich bereits die Widersprüche meiner Ehe, genauer, fing sich meine Ehe als das zu erweisen an, was sie war: ein Widerspruch. Erinnere ich mich an diese Zeit, so erinnere ich mich am ehesten gewisser Reflexe, die mich damals ständig in Spannung und innerer Bewegung hielten, so etwa wie Biber, diese im Grunde rattenhaften Tierchen, vom Instinkt getrieben werden, sich komplizierte Dämme, Fluchtwege und Höhlensysteme, ja sogar Burgen zu errichten und auszubauen. Zu dieser Zeit beschäftigte mich, freilich neben Mengen von Übersetzungen, die meinen Broterwerb bildeten, eine Idee, der Plan zu einem größeren literarischen Werk, einem Roman, der Gegenstand sollte, um die Einzelheiten zu übergehen, der Weg einer Seele sein, die aus der Dunkelheit zum Licht strebt, ihr Erkämpfen der Freude, der Austrag dieses Kampfes als Aufgabe, *das Glück als Pflicht betrachtet.* Damals sprach ich sehr oft, nein, das wäre eine Untertreibung, damals sprach ich sozusagen ununterbrochen mit meiner Frau über diesen Plan, die an den Gesprächen und vor allem an dem Plan selbst offensichtlich größte Freude hatte, weil sie darin, keineswegs ohne Grund, so etwas wie ein Denkmal unserer Ehe sah, und so konnte ich ihr gar nicht oft genug davon erzählen, ihr gar nicht oft genug die zuerst noch skizzenhafte, sich dann von Tag zu Tag ausweitende Handlung schildern, die sich anhäufenden und verdichtenden und verzweigenden Motive und Einfälle, zu denen sie, während eine plötzlich aufleuchtende und rasch wieder verlöschende Chromatik über ihr Gesicht huschte, auch zaghafte Anmerkungen machte, von denen ich die eine oder andere, in der Hoffnung auf ebendiese Chromatik ihres Mienenspiels, zustimmend aufgriff, abwägte und würdigte; man könnte sagen, wir zogen diesen Entwurf gemeinsam groß und hätschelten und liebkosten ihn, als wäre er unser Kind. Im nachhinein betrachtet, war alles das freilich zweifellos ein Fehler, es war ein Fehler, meiner Frau Einlaß zu gewähren zu dem empfindlichsten, geheimsten und ungeschütztesten Bereich meines Lebens, meines Fortbestehens, den mit einem Wort meine Arbeit bildete, den es, ganz im Gegenteil, abzuschirmen und zu schützen galt, wie ich es seither auch tue und auch zuvor stets getan habe, ihn gleichsam mit Stacheldraht umgebend gegen jeden unbefugten Eindringling, jedes unbefugte Eindringen, ja die bloße Möglichkeit eines Eindringens, von wem und welcher Art auch immer; obgleich ich unbestreitbar die Gefahr spürte, die in der intensiven, mein gesamtes Leben umfassenden und durchdringenden, ebenso starken wie zartfühlenden Anteilnahme meiner Frau lag, mochte ich diese Teilnahme andererseits, auch das ist unbestreitbar, trotzdem nicht missen, so wie man nach den langen, dunklen Tagen des Winters das plötzlich einsetzende wärmende Sonnenlicht nicht missen mag. Als ich endlich daranging, meinen Plan zu verwirklichen, das heißt mit dem Niederschreiben des eigentlichen Romans begann, da zeigte sich, daß meine Vorstellungen nicht zu verwirklichen waren; es zeigte sich, daß aus meinem Kugelschreiber, wie aus einem Infektionsherd, ein Sekret in das ganze Geflecht meines Entwurfes, in dessen sämtliche Zellen sickerte, das dieses Geflecht und seine sämtlichen Zellen, man könnte sagen krankhaft veränderte; es zeigte sich, daß es unmöglich ist, zumindest für mich, was in diesem Fall zuletzt auf dasselbe hinausläuft, daß es also unmöglich ist, über das Glück zu schreiben, vielleicht ist das Glück zu einfach, als daß man darüber schreiben könnte, schrieb ich, wie ich gerade auf einem meiner damals beschriebenen Zettel lese und von dort auch abschreibe, das glücklich verbrachte Leben ist demnach ein stumm verbrachtes Leben, schrieb ich. Es zeigte sich, daß über das Leben schreiben soviel ist wie das Leben in Frage stellen, sein eigenes Leben aber stellt nur der in Frage, der an den eigenen Lebenselementen erstickt oder irgendwie widernatürlich darin verkehrt. Es zeigte sich, daß ich nicht schreibe, um Freude zu finden, sondern daß ich, im Gegenteil, mit meinem Schreiben den Schmerz suche, den größtmöglichen, beinahe schon unerträglichen Schmerz, ja, das ist wahrscheinlich der Grund, denn der Schmerz ist die Wahrheit, auf die Frage jedoch, was Wahrheit ist, schrieb ich, gibt es eine sehr einfache Antwort: Wahrheit ist, was mich verzehrt. Alles das konnte ich natürlich nicht meiner Frau mitteilen. Andererseits wollte ich sie auch nicht belügen. So stießen wir im Laufe unseres Zusammenlebens, unserer Gespräche bald auf gewisse Schwierigkeiten, vornehmlich, wenn von meiner Arbeit, am vornehmlichsten aber, wenn von den erwarteten *Ergebnissen* meiner Arbeit die Rede war, vom Schreiben als *Literatur*, von der mir fernliegenden, gleichgültigen und unsagbar uninteressanten Frage des Gefallens oder Nichtgefallens, von der Frage des *Sinns* meiner Arbeit, von Fragen also, die letztlich meist im Umkreis der erbärmlichen, schmutzigen, höhnischen und beschämenden Frage von Erfolg oder Erfolglosigkeit mündeten. Wie auch hätte ich meiner Frau erklären sollen, daß mein Kugelschreiber mein Spaten ist? Daß ich nur schreibe, weil ich schreiben muß, und daß ich schreiben muß, weil ich Tag für Tag hervorgepfiffen werde, damit ich den Spaten tiefer steche, damit ich die Geige dunkler streiche und süßer spiele den Tod? Daß ich meine Selbstliquidierung, die einzige Aufgabe auf Erden, nicht vollbringen kann, wenn ich gleichzeitig trügerische Hintergedanken in mir nähre, trügerische Hintergedanken an *Ergebnis, Literatur* oder gar *Erfolg;* wie hätte meine Frau oder sonst jemand auch von mir verlangen können, daß ich meine spektakuläre Selbstliquidierung *benutze*, und zwar benutze, um mich mittels ihrer, wie ein Dieb mittels eines Nachschlüssels, in so etwas wie eine literarische oder sonstige Zukunft einzuschleichen, aus der ich doch bereits durch meine Geburt ausgeschlossen bin und aus der ich mich doch selbst ausgeschlossen habe, und daß ich in dieser Zukunft grundlegende Arbeiten mit ebendenselben Spatenstichen verrichte, mit denen ich mein Grab in den Wolken, in den Winden, im Nichts schaufeln muß? Die Frage ist nur, ob ich selbst meine Lage damals so klar und deutlich sah, wie ich sie jetzt beschreibe. Vielleicht nicht ganz, das Bestreben aber, um nicht zu sagen die gute Absicht, war zweifellos in mir vorhanden. Wie ich damals dachte und mit was für Gefühlen ich rang, zeigt sehr deutlich ein fragmentarischer Zettel, den ich fand, als ich die Fragmente meiner Ehe durchforschte. Ich hatte offensichtlich beabsichtigt, diesen Zettel neben die Teetasse meiner Frau zu legen, wie ich es mitunter tat, wenn ich bis spät in die Nacht gearbeitet hatte und zum Frühstück nicht aufstand. Darauf stand: «... daß wir einander lieben und doch frei bleiben können, wenn ich auch weiß, daß keiner von uns seinem Schicksal als Mann und seinem Schicksal als Frau entkommen kann und wir darum teilhaben werden an jener Qual, die eine rätselhafte und fürwahr nicht sonderlich weise Natur uns auferlegt hat: und es also wieder so sein wird, daß ich meine Hand nach Dir ausstrecken und mir wünschen werde, nichts weiter wünschen werde, als daß Du die Meine seist; und daß ich Dich doch zur gleichen Zeit, wenn dann auch Du Deine Hand ausstreckst und endlich die Meine bist, beschränken werde in Deiner Hingabe, um das zu bewahren, was ich für meine Freiheit halte ...» Soweit das Fragment, das ich unter meinen Aufzeichnungen als einen zwischen meine Zettel geratenen Zettel fand, somit steht fest, daß ich ihn nicht an die Teetasse meiner Frau stellte, sondern ihn irgendwie meinen Aufzeichnungen, meinen Zetteln beifügte; fest steht aber auch, daß ich insgeheim so dachte und, meinen Gedanken folgend, mehr noch, diese Gedanken selbst lebte, wie ich *schon immer auch ein heimliches Leben hatte und immer das mein wahres Leben war.* Ja, damals begann ich, nach und nach meine Fluchtwege, mein Biberburgsystem zu errichten und vor den Blicken und Zugriffen meiner Frau zu verbergen und zu schützen, so daß ich mitunter, zweifellos dieser Schutzdämme wegen, glaubte, einen versteckten Unmut im Verhalten meiner Frau zu beobachten, eine Beobachtung, die zunächst in mir Gegenunmut auslöste, dann einen anhaltenden Schmerz, der mir diese vorübergehende Stimmung meiner Frau viel bedeutender erscheinen ließ, erscheinen lassen wollte, als sie in Wirklichkeit war, hätte es doch keiner größeren Anstrengungen bedurft, meine Frau zu versöhnen, ein einziges wohlbedachtes und treffendes Wort, ja nur eine einzige entsprechende Geste hätten genügt, doch ich hielt an meinem Schmerz fest, offensichtlich, weil ich mein Verstoßensein darin erkannte, das unerträgliche Gefühl des Verstoßenseins aber drängte nach Kompensierung, die einsame Kompensation aber wieder gestaltete sich in mir zu schöpferischer Kraft, das heißt, sie entfachte meine Neurose, meine alles andere überlegen hinwegfegende, mich aber nur zu neuerlichen und noch heftigeren Verteidigungsreflexen zwingende Arbeitslust, mein Arbeitsfieber, meine Arbeitswut, mit einem Wort, der ganze teuflische Mechanismus kam in Gang, dieses mörderische Karussell, das mich zuerst tief in Schmerz taucht, um mich dann hoch hinaufzutragen, jedoch ausschließlich nur, um mich bald noch tiefer dorthin zurückzustoßen ... und sicher, ganz sicher trug auch das dazu bei, daß in unseren erneut hitziger werdenden Nächten, in einer dieser dunkel leuchtenden Nächte, deren dunkles Samtlicht sich doch so sehr von den dunklen, im Dunkel sich verlierenden schwarzen Lichtern meiner Nacht heute unterscheidet, in einer dieser dunkel glühenden Nächte also meine Frau sagte, daß wir auf all unsere Fragen und Antworten, auf diese unser ganzes Leben berührenden Fragen und Antworten auch nur mit unserem ganzen Leben, genauer, ganz mit unserem Leben antworten könnten, da jede darüber hinaus gestellte Frage und jede darüber hinausgehende Antwort eine unzureichende Frage und eine unzureichende Antwort sei, und daß sie sich diese Ganzheit nur auf eine Weise vorstellen könne, weil, zumindest für sie, keine andere Ganzheit jene einzige, restlose, *wirkliche* Ganzheit ersetzen könne, daß sie also ein Kind von mir wolle, sagte meine Frau. Worauf ich dieses

«Nein!» sagte, augenblicklich, sofort und ohne zu zögern, gewissermaßen instinktiv, weil es inzwischen ganz natürlich ist, daß unsere Instinkte gegen unsere Instinkte arbeiten, daß sozusagen unsere Gegeninstinkte statt unserer Instinkte arbeiten, ja mehr noch, an ihrer Stelle; doch meine Frau, als habe mein

«Nein!» nicht entschieden genug wie

«Nein!» geklungen oder als sei sie sich meiner Inkonsequenz sicher, lachte darauf nur. Sie verstehe mich ja, sagte sie später, sie wisse, aus welcher Tiefe dieses

«Nein!» aus mir hervorkomme und was ich in mir überwinden müsse, damit daraus ein Ja werde. Worauf ich sagte, daß auch ich sie zu verstehen glaube, daß ich wisse, was sie denke, aber dieses

«Nein!» sei ein

«Nein!» und nicht so ein *Nein-zu-Juden*, wie sie wahrscheinlich denke, nein, dessen sei ich mir völlig sicher, so sicher, wie ich mir unsicher darüber sei, was für ein

«Nein!» es eigentlich sei, einfach nur ein

«Nein!» sagte ich, obgleich es, was das *Nein-zu-Juden* betrifft, auch dafür genügend Gründe gebe, es genüge doch bereits, sich ein Gespräch erbärmlich und zum Verzweifeln vorzustellen, sagen wir, sich das Geschrei des Kindes, unseres Kindes – dein Geschrei – vorzustellen, sagte ich; sagen wir, dem Kind ist etwas zu Ohren gekommen, und es schreit gerade los, sagen wir, es schreit: «Ich will kein Jude sein!», sei es doch durchaus vorstellbar und auch durchaus verständlich, sagte ich, daß das Kind kein Jude sein will, und da käme ich mit einer Antwort in Bedrängnis, ja, denn wie könnte man ein menschliches Wesen zwingen, Jude zu sein, in dieser Beziehung, sagte ich, müßte ich ihm – dir – stets mit gesenktem Kopf entgegentreten, denn es gibt nichts, was ich ihm – dir – geben könnte, weder eine Erklärung noch einen Glauben, noch ein Gewehr, sagte ich, denn mir bedeutet mein Judentum nichts, genauer gesagt, als Judentum bedeute es mir nichts, als Erfahrung alles; als Judentum: eine kahlköpfige Frau in einem roten Morgenrock vor dem Spiegel, als Erfahrung: mein Leben, das heißt mein Überleben, die geistige Existenzform, die ich lebe und als geistige Existenzform aufrechterhalte, und für mich ist das genug, sagte ich, ich begnüge mich vollkommen damit, die Frage sei jedoch, ob sich das Kind damit begnügen würde – ob du dich damit begnügen würdest. Und dennoch, sagte ich, sage ich kein *Nein-zu-Juden*, trotz allem nicht, denn es gibt nichts, was erbärmlicher, nichts, was schändlicher, zerstörerischer und selbstverleugnerischer ist als dieses gewissermaßen rationale Nein, dieses *Nein-zu-Juden*, es gibt nichts, was billiger, und nichts, was feiger ist, sagte ich, ich habe genug davon, daß Mörder und Lebens Verächter sich selbst lauthals als das Leben proklamieren, es geschieht zu oft, sagte ich, als daß es auch nur widerspenstigen Trotz in mir wachrufen könnte, es gibt nichts, was schrecklicher, nichts, was erbärmlicher ist, als das Leben den Lebensverächtern zuliebe zu verachten, selbst in Auschwitz sind noch Kinder geboren worden, sagte ich, und diese Argumentation gefiel meiner Frau natürlich, wenn ich auch kaum glaube, daß sie mich wirklich verstand, wie auch ich mich wahrscheinlich nicht verstand. Ja, und es mag nicht viel später gewesen sein, als ich mit der Straßenbahn irgendwohin fahren mußte, ich weiß nicht wohin, um irgendwelche Dinge zu erledigen, so als gäbe es für mich noch Dinge zu erledigen, obwohl doch meine irdischen Dinge alle längst erledigt sind, und ich starrte aus dem Fenster in das jähe Vorüberhuschen, das unerwartete Innehalten der Bilder. Wir rumpelten dahin, vorüber an furchterregenden Häusern, den dünnen Schreien kümmerlicher Vegetation, die hier und da auftauchte, als plötzlich, einem Attentat gleich, eine Familie einstieg. Ich vergaß zu erwähnen, daß es Sonntag war, ein diskret sein Leben aushauchender Sonntagnachmittag, die Jahreszeit schon etwas milder. Sie waren zu fünft, die Eltern und drei Mädchen, das jüngste, gerade dem Wickelkissen entschlüpft, prangte in Rosa, Blau und Blond und schrie, während ihm der Speichel aus dem Mund rann, aus

Leibeskräften, vielleicht weil ihm zu warm ist, dachte ich. Die Mutter, brünett, sanft und erschöpft, hatte es auf ihren Schoß genommen, ihr schlanker Hals war mit dem gebrochenen Elan einer Operntänzerin über dem Kind eingeknickt. Die mittlere Schwester stand schmollend neben der die jüngste liebkosenden Mutter, und die älteste, ein vielleicht sieben- oder achtjähriges Mädchen, legte sozusagen besänftigend, mit dem jämmerlichen Zusammengehörigkeitsgefühl der Ausgestoßenen, ihren Arm um die Schulter der kleineren Schwester, aber diese schüttelte ihn verärgert ab. Sie wollte die Mutter für sich, doch sie wußte ihre Sache bereits verloren, so wie das Mittel, das sie bislang hatte, das hemmungslose Brüllen, jetzt ein Vorrecht der Jüngsten war. So blieb die Älteste allein, an diesem mild leuchtenden Sonntagnachmittag mußte sie erneut die Bitternis, zurückgesetzt zu sein, Vereinsamung und Eifersucht erleben. Ob es sich wohl zu verzeihendem Hinnehmen in ihr auswächst, dachte ich, oder eher zu einer sie in Verschlossenheit treibenden Neurose, dachte ich, wenn Vater und Mutter sie so in eine erbärmliche Existenz stürzen, mit der sie sich abzufinden hat, die sie beschämt auszufüllen hat, und wenn nicht beschämt, dachte ich, so wäre es um so beschämender für sie und für jeden, der sie dort hineingestürzt hat und sich damit abfindet.

Der Vater, ein hagerer, dunkelhaariger Mann mit Brille, Adamsapfel, der einer Geschwulst glich, in sommerlicher Leinenhose, Sandalen an den nackten Füßen, streckte schließlich seine gelbe, knochige Hand aus, und zwischen seinen spitzen Knien beruhigte sich die Kleine endlich; und auf den fünf Gesichtern dämmerte wie eine transzendente Botschaft plötzlich eine über sie alle hinausweisende Ähnlichkeit auf. Sie waren häßlich, ausgelaugt, armselig und selig, widerstrebende Gefühle stritten in mir, Widerwillen und Sympathie, grauenhafte Erinnerungen und Melancholie, und da sah ich, gleichsam auf ihre Stirn geschrieben und auf die Wände der Straßenbahn, die Feuerschrift:

«Nein!», nie könnte ich Vater, Schicksal, Gott eines anderen Menschen sein,

«Nein!», nie soll ein anderes Kind durchleben müssen, was ich durchleben mußte, Kindheit,

«Nein!» tobte, brüllte es in mir, es darf nicht sein, daß diese Kindheit ihm – dir – mir widerfährt, ja, und damals fing ich an, meiner Frau meine Kindheit zu erzählen, vielleicht auch mir selbst, ich weiß es nicht, jedenfalls erzählte ich sie ihr mit der ganzen Weitschweifigkeit und Zwanghaftigkeit meiner Logorrhoe, ich erzählte hemmungslos, tagelang, wochenlang, und ich erzähle sie eigentlich noch jetzt, wenngleich auch längst nicht mehr meiner Frau. Und damals fing ich nicht nur an zu erzählen, ich fing auch an umherzustreifen, und die Stadt, in der ich mich fast schon mit einer gewissen Sicherheit bewegt hatte, die aus einer gewissen Vertrautheit resultierte, verwandelte sich in dieser Zeit erneut in eine Falle, die sich von Zeit zu Zeit unter meinen Füßen auftat, so daß ich nie wissen konnte, auf welchem mit unsäglichem Leid und Schmach durchtränkten Boden ich mich unverhofft wiederfinden würde, welchem Ruf ich zum Beispiel folgte, wenn ich durch eine verschlafene Nebenstraße schlich, die wie eine vornehme Kranke wirkte, zwischen winzigen, gebrechlichen Traumtrümmern von Palästen, im Schatten von Märchenhäusern mit ihren Türmen, Wetterfahnen, feinen Verzierungen, spitzen Giebeln und blinden Fenstern, an den schwarzen Gittern kümmerlicher Vorgärten entlang, die jetzt so ausgeplündert, so kahl überschaubar, schäbig und vernünftig wirkten wie verlassene Ausgrabungsstätten. Oder wenn es mich bei einer anderen Gelegenheit in diesen, ich möchte sagen, Mastdarm der Stadt verschlug, in den ich im übrigen heute wieder als Bewohner zurückgekehrt bin, durch Fügung des Schicksals, wenn man so will, oder durch Ungeschicklichkeit, wenn man so lieber will, doch sagen wir besser durch Schicksalsfügung, wenn es ohnehin egal ist und insofern wir ja auch in unseren Ungeschicklichkeiten unser Schicksal erkennen können, falls wir Augen dafür haben, ja, doch damals habe ich wahrscheinlich geglaubt, genauer gesagt: mir vorgegaukelt, ich sei unabsichtlich dorthin geraten, ausgerechnet hierher, in die Höllentiefen dieses Josefstadt genannten Stadtteils, da, wo dessen Höllentiefe mit den Höllentiefen des Franzenstadt genannten Stadtteils zusammentrifft, hierher, wo ich auch jetzt etwa wohne, wenn meine Fertigteilwohnung in dem Fertigteilwohnsilo damals auch noch ein erbärmlicher Entwurf auf einer erbärmlichen Bauzeichnung war. Es war in der Abenddämmerung des Spätsommers, erinnere ich mich, die Straße badete in überreifen Düften, entlang dem Gehsteig taumelten trunken und ungewaschen die Häuser mit ihren kleinen, blinzelnden Fenstern, die untergehende Sonne floß wie gelber, klebriger, gärender junger Wein über die Mauern, die Tore klafften dunkel wir schorfige Wunden, und ich klammerte mich, da mir schwindelte, an einer Klinke oder wer weiß wo fest, als mich plötzlich das Mysterium – oh, nicht etwa der Vergänglichkeit, im Gegenteil, das *Mysterium des Übriggebliebenseins* berührte, ja, ein Mörder mag so fühlen, dachte ich, so erzählte ich dann meiner Frau, und warum ich gerade das dachte, ist, denke ich, so erzählte ich meiner Frau, wenn auch nicht logisch, so doch verständlich, wegen all derer, die tot sind, werde ich es gedacht haben, erzählte ich meiner Frau, wegen allem, was tot ist, meiner Kindheit wegen, die verloren war, und wegen meines absurden, zumindest hinsichtlich all der Toten und all des Verlorenen absurden Überlebens, ja, so mag sich ein Mörder fühlen, der, sagen wir, dachte ich, so erzählte ich meiner Frau, seine Tat längst vergessen hat, so etwas ist vorstellbar und gar nicht so selten, und nach Jahrzehnten, gewissermaßen aus Vergeßlichkeit oder vielleicht einfach in mechanischer Wiederholung seiner einstigen Gewohnheiten, plötzlich wieder die Tür aufmacht, die zum Tatort führt, und dort alles unverändert findet, die Leiche, freilich zum Skelett zerfallen, die ärmliche Kulisse der Einrichtungsgegenstände und eben sich selbst, und wenn auch offenkundig ist, daß nichts dasselbe und niemand derselbe geblieben ist, ist zugleich ebenso offenkundig, daß nach dem flüchtigen Zwischenspiel eines Menschenalters dennoch alles das gleiche ist, ja, sich sogar immer gleicher wird. Und nun weiß er, was er wissen muß, daß es *keineswegs* Zufall war, was ihn hierher zurückführte, daß er vielleicht sogar nie hier herauskam, denn *dies ist der Ort, wo er büßen muß.* Und frag mich nicht warum, sagte ich zu meiner Frau, Schuld und Buße sind Begriffe, zwischen denen nur das

Dasein eine lebendige Verbindung schafft, sofern es das freilich schafft, und wenn es das schafft, dann ist das Dasein an sich als Buße völlig ausreichend, *el delito mayor des hombre es haber nacido*, wie geschrieben steht, sagte ich zu meiner Frau. Ich erzählte meiner Frau auch einen Traum, einen stets wiederkehrenden alten Traum, den ich damals schon ziemlich lange nicht mehr geträumt hatte, der aber in diesen Tagen unerwartet wiedergekehrt war. Er spielte *dort*, immer *dort*, am gleichen Schauplatz, in jenem Eckhaus. Zwar sehe ich die Umgebung nicht, bin mir ihrer aber völlig sicher. Vielleicht lassen die Mauern darauf schließen, die dicken, gespenstisch grauen Mauern eines alten Hauses. Und der Tabakladen, zu dem ein paar unregelmäßige, steile Steinstufen hinaufführen. Oben dann ist es, als käme man in ein Rattenloch: hohle Finsternis und Aasgeruch. Aber diesmal ist der Tabakladen ein Stück weiter weg, an der Ecke des Eckhauses. Es gibt keinen Grund hineinzugehen. Ich gehe hinein. Es ist nicht der Tabakladen, der Raum ist etwas heller, etwas größer, viel trockener und warm, wie ein Dachboden. Dort sitzen sie auf dem uralten Brokatsofa, das auf Zementfußboden steht, einem von oben aus einer unsicheren Quelle, vielleicht einem Dachfenster einfallenden Lichtstrahl gegenüber, der den dichten Staub tanzen läßt. Alles deutet darauf hin, daß sie sich gerade erst aufgesetzt, zuvor aber schon liegend auf meinen Besuch gewartet haben, der seit Jahrzehnten fällig ist, auf den Besuch des gleichgültigen, *hoffnungsmordenden* Enkels. Zwei alte Leute im staubigen Licht und voll von Vorwürfen. So schwach, daß sie sich kaum bewegen. Ich reiche ihnen den Schinken, den ich mitgebracht habe. Sie freuen sich, doch ihr Groll bleibt unvermindert. Sie reden, doch ich verstehe nicht, was. Mein Großvater beugt sich mit seinem grauen, unrasierten Gesicht über den Schinken in seinen Händen, den er inzwischen ausgepackt hat. Auf dem Gesicht meiner Großmutter sind deutlich Leichenflecken erkennbar. Sie klagt über ständiges Kopfweh und Ohrensausen. Darüber, daß sie so lange auf mich warten mußten. Ich sehe, wie herzlich wenig der mitgebrachte Schinken ist. Sie sind fürchterlich hungrig und verlassen. Ich mache einige hilflose Gesten, wie ein Schüler, der etwas zu erklären versucht. Mein Herz ist so schwer wie die Steine der Treppe. Schließlich versinkt alles, steigt auf und zerfließt wie ein jämmerliches Geheimnis. Warum müssen wir ewig mit einem Gesicht leben, das irgendeiner Schande zugewendet ist? notierte ich damals. Zu dieser Zeit entstand auch meine bis heute ständig zunehmende Zitatensammlung, die als Zettelhaufen, von einer Heftklammer zusammengehalten, auch jetzt zwischen den Zetteln auf meinem Tisch herumliegt. *Meine Freunde, wir hatten es hart, als wir jung waren: Wir litten an der Jugend selbst wie an einer schweren Krankheit*, lese ich auf einem der Zettel. *Familien, ich hasse euch!* auf einem anderen. *Sich der Kindheit als Todesursache ausliefern*, lese ich, *der Begriff Herrschaft bedeutet in jedem Fall Schreckensherrschaft*, und ich lese meine eigene, dieser Bemerkung (von Thomas Bernhard) angefügte Bemerkung: «und Schreckensherrschaft bedeutet in jedem Fall Vater-Herrschaft». Und dann lese ich lauter eigene Bemerkungen auf den Notizzetteln, etwa: «Die Pflicht zur Erziehung ist es, was ich in keiner Weise in Übereinstimmung bringen könnte mit ...» – «Als Irrlicht die Träume eines anderen zu beeinflussen, im Leben eines anderen eine Rolle, eine Vaterrolle, das heißt eine verhängnisvolle Rolle zu spielen, ist eine der wahren Ungeheuerlichkeiten, als deren entsetzlicher Aspekt ...» – «Daß (in meiner Kindheit, also auch seither) immer alles Sünde war, was ich selbst ausmachte, und immer Tugend, wenn ich etwas tat, womit ich mich selbst verleugnete und mordete ...» – «Meine Großmutter hatte immer *einen üblen Geschmack im Mund.* Tatsächlich, ihr Atem roch nach Naphthalin. Der Geruch der Wohnung in der Josefstadt. Der anachronistische Geruch der Monarchie. Die Dunkelheit der Wohnung, die Dunkelheit der Zeit, diese aus den dreißiger Jahren geerbte, später zur Krankheit gesteigerte Dunkelheit. Die dunklen Möbel, das Haus mit dem Rundgang, wo sich das Leben in aller Öffentlichkeit abspielte, das Abendbrot mit Milchkaffee, die in einen Napf gebrockten Matzen, das Verbot, Licht anzuschalten, der Großvater, wie er im Dunkeln Zeitung liest, der *Alkoven*, in dessen geheimnisvollen Ecken ständig ein finsterer, moderiger, meuchlerischer Gedanke zu lauern schien. Die allnächtlichen Wanzenvernichtungsaktionen ...» – «Allmählich würde ich dich einkesseln mit all diesen Geschichten, mit denen du im Grunde nichts zu tun hast und die mit der Zeit doch wie eine unüberwindbare Barriere um dich aufragen würden ...» – «Und welch ein Elend die Kindheit, und wie ungeduldig trachtete ich danach, erwachsen zu werden, weil ich an einen geheimen Bund der Erwachsenen glaubte und daß sie selbst in ihrer von Sadismus umgebenen Welt in vollkommener Sicherheit leben ...» und so weiter. Und die Morgen, erzählte ich meiner Frau. Die verregneten Morgen, die verregneten Montagmorgen, wenn mein Vater mich für eine weitere Woche zurückbrachte ins Internat. In meiner Erinnerung lebt jeder Montagmorgen als ein verregneter Montagmorgen, was natürlich unmöglich ist, aber doch bezeichnend, sagte ich zu meiner Frau.

Ich erinnere mich, daß ich an einem ebensolchen verregneten Montagmorgen plötzlich aufsprang, alles stehen- und liegenließ, meine *Arbeit* liegenließ und mich auf den Weg in dieses Villenviertel machte, genauer gesagt, in das Viertel, das ehemals dieses Villenviertel war beziehungsweise das ich als ehemaliges Villenviertel in Erinnerung hatte, ein Viertel voller Märchenhäuser mit Türmen, Wetterfahnen, feinen Verzierungen und spitzen Giebeln, und in dem, als eines dieser Märchenhäuser mit Türmen, spitzem Giebel und Wetterfahne, das Internat stand. Nachdem ich meinen Regenschirm, dieses leuchtende Symbol unserer irdischen Groteskheit, zusammengeklappt hatte, betrat ein schon leicht ergrauter, äußerlich noch ganz solider Kerl mit kariertem Stoffhut und tropfnassem Schirm dieses untergehende Haus meiner verworrenen Qualen und noch verworreneren Freuden, erzählte ich am Abend meiner Frau. Triumph oder Niederlage? Wie hätte *ich* diesen Kerl damals wohl empfangen, geistreichelte ich am Abend mit meiner Frau, falls ich ihn überhaupt zur Kenntnis genommen hätte, und wenn, dann hätte ich ihn wohl für so etwas wie einen Schulinspektor gehalten, einen Kumpan der Direktion, der vorgesetzten Behörde, erzählte ich am Abend meiner Frau. Vielleicht für einen die Schüler piesackenden Geigenlehrer. Und ich hätte sicher sofort etwas Auffälliges an ihm bemerkt, etwas Lächerliches, was sogleich ins Auge springt, zum Beispiel, wie er mit den Kindern spricht, steif und gewählt, wie ein Lustmörder, erzählte ich meiner Frau. Nichts, aber auch gar nichts an ihm glich den Träumen, die ich über das eigene Erwachsensein gesponnen hatte, an dieser befremdlichen, verpfuschten Figur, ich hätte ihn allenfalls um seine Souveränität beneidet, nicht ahnend, wie sehr sie bloße Erwachsenensouveränität ist, also die Nichtsouveränität souverän überspielender Schein, sagte ich zu meiner Frau. Ich notierte auch ein paar Zeilen in mein Notizheft über diesen Besuch, von denen ich wiederum ein paar in dieses Notizheft hier übertrage. «Ich war im Internat», schrieb ich, «es ist verwüstet, wie alles, die Häuser, das Leben, die Welt», schrieb ich. «An der Wand eine Gedenktafel, die mich über alles verblüffte. Dort stand: *Hier lebte und wirkte* und so weiter. Der Direktor. Der Direx. Der Stöpsel (wie wir Kinder ihn nannten). Wer hätte gedacht, daß er ein Wissenschaftler war! Nun, in diesem Jahrhundert wird die allgemeine Stümperei Wissenschaft genannt. Der Garten verwüstet, voller Trümmer. Das Internat in ein Wohnhaus umfunktioniert. Der gravitätische Treppenaufgang mit dem breiten Steingeländer, auf dem so angenehm herabzurutschen war, wo so viele geheimnisvolle Dinge geschahen, vornehmlich abends, wenn man, sich gegenseitig schubsend, mit den Kameraden zum Schlafen nach oben zog und die auf die Augen sich legende Müdigkeit, wie Schnee, der fällt, alle Geräusche, Erlebnisse und Wünsche dämpfte, unterdrückte und bändigte (wie ich eines Abends plötzlich hohes Fieber kriegte und Szilvasi, ein etwa zehn Jahre älterer Bauernjunge, mich auf den Armen nach oben trug und fragte, *in welchem Saal nächtigst du*, und ich darauf nicht antworten konnte, weil mir das Wort *nächtigen* mit fünf Jahren fremd war, so daß ich seinen Sinn nicht verstand), dieser Treppenaufgang war, nun, lassen wir es dabei, er war verdreckt ... Die Reihe der Schlafsäle zerstückelt, Mieter an Mieter ... Die Direktionswohnung. Die Wohnung des Direx. Diese furchtbare, stumme, uns zum Verstummen bringende, auf Zehenspitzen zwingende Wohnung. An der Tür statt des blinkenden Messingknaufs eine graue Aluminiumklinke, wie ein triumphaler Tritt in den Hintern ... Die Schülerzimmer auf der Zwischenetage. Hier hatten sich die zweitrangigen *Junioren* und die beneideten *Senioren* in den Stunden des nachmittäglichen *Silentiums* über ihre Bücher gebeugt. Der über diese Andacht wachende diensthabende Lehrer. Das gewichtige, respekteinflößend esoterische Problem mancher Algebraaufgabe. Jetzt geben diese

Räume mehreren Familien ein Zuhause. Wimmeliges, lärmendes Familienleben, voll würziger Gerüche ... Auflösung, Verfall aller festgefügten Formen. Das Gewöhnliche als zersetzende Kraft, letzten Endes als Tod ... Das *Souterrain.* Speisesaal, *Karzer*, Spielhalle (Tischtennis). Vor allem Schauplatz der *Appelle.* Man kam nicht hinein. Auf einer Tafel stand: *Filmklub, Eintrittskarten* und so weiter. Gut, dann stelle ich mir den Speisesaal vor. Es ist sogar besser: so stört die sogenannte *Wirklichkeit* mich nicht. (Ihre Wirklichkeit.) In dem von hochgelegenen Fenstern erhellten riesengroßen Saal im Souterrain die parallelen Reihen langer weißgedeckter Tische. Das Frühstück! Die einzige würdige Zeremonie des Tages (den samstäglichen Appell ausgenommen), streng und doch träumerisch. An dem mir zugewiesenen Platz das Frühstücksgedeck, mein Serviettenring, mit dem Stigma einer römischen Eins darauf, und meine Serviette, ebenfalls mit dem Stigma der römischen Eins versehen: Sie war hier meine Zahl, so wie ich zu anderen Zeiten, an anderen Orten, andere Zahlen gewann (heute geht in meinem Namen irgendwo eine elfstellige Personenkennzahl um, in den Fugen unbekannter Labyrinthe, gleich meinem Schattendasein, meinem anderen, geheimen Ich, von dem ich nichts weiß, obgleich ich mit meinem Leben für es einstehe und mir das, was es tut oder ihm getan wird, zum Verhängnis wird). Doch diese römische Eins war ein wahrlich stilvoller Anfang, anmutig und verheißungsvoll wie die Morgendämmerung der Kulturen. Denn ich war der jüngste Schüler im Internat ... und so weiter. Wir standen an unseren Plätzen, frisch gewaschen, strahlend, wach und hungrig. (Immer war ich hungrig, immer.) Am Tischende der Lehrer, an jedem Tischende ein Lehrer. Leise sprach er ein Gebet. Ein kurzes, vorsichtiges, man kann sagen: diplomatisches Gebet. Er mußte darauf achten, daß es weder nur dem jüdischen Ritus noch irgendeinem christlichen Kanon entsprach, beziehungsweise daß es sowohl jüdisch als auch christlich war, jedem Gott gleichermaßen zur Freude. *Gib uns, Herr, unser täglich Brot* – sagten wir, nicht genau so, aber etwas in der Art. (Abends dagegen betete ich auf deutsch: *Müde bin ich, geh' zur Ruh'* ... und so weiter.) Ich verstand kein einziges Wort, doch ich lernte es rasch und zugleich damit die beruhigende Monotonie des Betens, das Zwingende der Wiederholung, diese eigenartige Hygiene, die versäumt zu haben meiner Seele tiefere Wunden schlug als etwa ein versäumtes Zähneputzen ... Ins Gedächtnis zurückzurufen ist die starke, zwanghafte und eigentümliche Religiosität meiner Kindheit, die anfangs im wesentlichen Animismus war, wozu sich später dann der alles sehende, unsichtbare Röntgenblick gesellte, doch das geschah, wenn ich mich recht erinnere, erst nach meinem zehnten Lebensjahr, nachdem überwiegend mein Vater *meine Erziehung* übernommen hatte ... Weiter. Der *Karzer.* Eine dunkle Abstellkammer, in der es von Käfern wimmelte. Einmal wurde ich eingeschlossen. Ich begriff es rational. Meine Liebe zur Einsamkeit. Meine Liebe zur Krankheit. Der Rausch des Fiebers. Frühe Dekadenz. Oder nur berechtigter Abscheu vor den Menschen? In matter Lust allein im großen Schlafsaal liegen, zuschauen, wie die Sonne langsam die Wipfel der großen Kastanie im Garten erreicht, während eine Katze mit ihrem unvergleichlichen Gang und eingerollter Schwanzspitze auf dem gegenüberliegenden, unbeschreiblich abenteuerlichen Hausdach voller Schornsteine, Türme und versteckter Winkel entlangschleicht. Das plötzliche Magendrücken am Abend, wenn schließlich eintrat, was mir den ganzen Nachmittag schon wie ein Stein im Magen lag: Schritte auf der Treppe, dröhnende Schritte auf dem Flur. Die anderen. *Sie kommen*, flüsterte ich mir zu, bleich, als sei es eine Katastrophenmeldung. Überhaupt, das Magendrücken. Einhergehend mit der morgendlichen *Extramilch*, die ich wegen meiner Blutarmut erhielt. (Die wunderbaren alten Milchflaschen, die, wie sich herausstellte, ebenso zart und vergänglich waren wie die Tautropfen an ihren glatten, von dichten Längsstreifen überzogenen, fein geriffelten Außenflächen.) Ich mußte sie trinken. Danach tat mir lange der Magen weh. Die Magengrube. Ich krümmte mich wie nach einem K.o. ... Am Ende überfiel mich im *Karzer* dann doch Selbstmitleid. Es kam gelegen, wußte ich doch, daß ich reuevoll auszusehen hatte, wenn der Schlüssel im Schloß klapperte und man mich herausließ, sollten sie ruhig die vermeintlichen Qualen genießen, die sie mir zugedacht hatten. (Beherrschte ich diese kleinen Tricks instinktiv, mit mir angeborener Hinterlist, oder machte ich sie mir nur sehr früh zu eigen, war *die Erziehung also erfolgreich und hat ihre Früchte getragen?)* ... Längst hatte ich damals durchschaut, welch abscheulicher Ort für ein kleines Kind diese Welt ist (was ich noch nicht wußte, war, daß sich daran auch später nichts ändern würde, sofern ich mich selbst nicht änderte) ... Und die Kopfschmerzen. Sie sind unbedingt ins Gedächtnis zurückzurufen. Unter dem exakten Namen Migräne. Das war es. Ich konnte mich nicht bewegen, noch durch die geschlossenen Lider schmerzte das Licht. Nie wagte ich, es jemandem zu sagen. Ich glaubte nicht, daß man es glauben würde, daß man es glauben könnte, daß es glaubhaft sei. Ich glaubte, daß auch das nur meine heimliche, geheimzuhaltende Schuld sei, wie das übrige, wie alles. Schließlich glaubte ich meinem Kopf schon nicht mehr, daß er schmerzte. Ein Erfolg der Erziehung auch hier ... Zu überlegen ist, wie das Ganze zwischen dem fünften und zehnten Lebensjahr überhaupt bis zuletzt durchzustehen war. Fast unvorstellbar. Wie denn? Offensichtlich wie bei anderen, wie bei allen, mittels gewaltiger irrationaler Hammerschläge, gegen meine Rationalität. Mittels Wahnsinn, mittels eines den Untertanenwahnsinn vom Herrschaftswahnsinn trennenden (oder beide gerade vereinenden) Wahnsinns. Die erste irrationale Determinante war die Scheidung meiner Eltern, hauptsächlich in Anbetracht ihrer Folge, des Internats, von Interesse. Bohrte ich nach dem *Grund* ihrer Scheidung, lautete die Antwort sowohl meines Vaters als auch meiner Mutter stets: *Weil wir uns nicht verstanden haben.* Wieso? Beide sprachen doch ungarisch, dachte ich. Es war mir unmöglich, zu begreifen, wieso sie sich *nicht* verstehen sollten, da sie sich doch nun einmal *verstanden.* Doch das war das letzte Wort, das allerletzte Argument, die an das Nichts stoßende Grenze: ich vermutete dahinter also irgendein schwerwiegendes, kompliziertes und vermutlich schmutziges Geheimnis, das mir aufgezwungen wurde. Es glich einem Verhängnis: ich mußte es hinnehmen, um so mehr (weil um so verhängnisvoller), je weniger ich es verstand. Die andere irrationale Determinante: gewisse regelmäßige Straßenbahnfahrten mit meinem Vater. Wohin wir fuhren, zu wem und warum, weiß ich nicht mehr. Die ganze Angelegenheit war weit weniger bedeutungsvoll als die Scheidung. Trotzdem. Die Haltestelle, an der wir immer ausstiegen, um dann, weiter in Fahrtrichtung, lange zu Fuß zu gehen. Ich gab zu bedenken, daß wir, wenn wir eine Haltestelle weiter führen, nur ein paar Schritte zurückzulaufen brauchten. Die Antwort: *Ich gehe nicht zurück.* Frage: *Warum nicht?* Antwort: *Weil ich nicht zurückgehe.* Erneute Frage: *Aber warum nicht?* Erneute Antwort: *Ich sage doch: weil ich nicht zurückgehe.* Ich fühlte den ungeheuren Tiefsinn dieser Standhaftigkeit, nur deuten konnte ich ihn nicht. Vollkommene, niederschmetternde Ratlosigkeit meines Verstandes, wie vor einem offenbarten Geheimnis. Schließlich gab es keine andere Möglichkeit, ich *mußte* auf eine nicht erkennbare und trotzdem unanfechtbare Gesetzmäßigkeit schließen, die mein Vater vertrat, und die Macht, mit der er über mich verfügte. «Neurose und Gewalt als ausschließliche, systembildende Formen der Beziehung, Anpassung als einzige Möglichkeit des Überlebens, Gehorsam als tägliche Praxis, Wahnsinn als Endergebnis», schrieb ich. *Aus der früheren Kultur wird ein Trümmerhaufen und am Schluß ein Aschehaufen werden, aber es werden Geister über der Asche schweben*, auch das einer meiner Zettel (Wittgenstein), « ... und wie ich dastand, unter meinem Regenschirm, und wie mich das würgende Geheimnis dieser Einrichtung, dieses wohlhabenden *Staatl. anerk. Internats für Knaben* berührte, das Geheimnis, das auch jetzt noch in der feuchten Herbstluft schwebt, wie hämisches Schweigen um uralte Grabkammern, da plötzlich, wie soll ich sagen, durchdrang mich, der alles durchdringenden Lymphe gleich, diese *einstige Kultur*, diese Vaterkultur, dieser weltumfassende Vaterkomplex», schrieb ich. Wenn ich bei meiner späteren Lektüre auf Beschreibungen von Konvikten, Priesterseminaren oder Kadettenanstalten stieß, meinte ich mitunter, «mein Internat» zu erkennen, wenngleich es natürlich doch anders war, freundlicher, absurder und insgesamt noch perverser, auch wenn ich das erst viele Jahre später, im Spiegel der alles vollendeten Schande wirklich ganz erkennen konnte, sagte ich zu meiner Frau. Eigentlich beruhte es auf einfachen Prinzipien, auf dem Autoritätsprinzip, dem autoritären Vaterprinzip, sagte ich zu meiner Frau. Es kopierte ganz einfach die Prinzipien der Außenwelt, und aus diesen Prinzipien, sei es aus Gewohnheit oder aus einem komischen Irrtum oder aus einer zum komischen Irrtum gewordenen Gewohnheit, leitete es einen

Herrschaftsanspruch ab, sagte ich zu meiner Frau. An den Wänden der Schülerzimmer der jeweilige Vaterusurpator Ungarns: zwischen königlichen und kaiserlichen Hoheiten, General- und Ersten Sekretären prangte damals gerade das Porträt des Mannes, den man als den Erlauchten Herrn Reichsverweser verehrte, mit Admiralsmütze und rätselhafter, epaulettenverzierter Uniform, sagte ich zu meiner Frau. So erwacht in mir im nachhinein der Verdacht, sagte ich zu meiner Frau, daß angelsächsische Führungs- und angelsächsische Erziehungsprinzipien die Leitung des Internats beeinflußt haben mögen, mit einem gewissen österreichisch-deutschen oder österreichisch-ungarischen oder deutschösterreichisch-ungarisch-assimiliert-jüdischen Minderheitseinschlag, dem Genius loci folgend; und, sagte ich zu meiner Frau, auf jeden Fall mit dem Unterschied, daß hier statt der Elite eines Weltreiches Budapester Klein-, Mittel- und Kleinstbürger ausgebildet wurden. Das Prinzip des Spartanischen äußerte sich am ehesten in der spartanischen Verpflegung, das Essen wurde den Kindern von der gelehrten und von angelsächsischen Idealen beeinflußten Internatsleitung *gestohlen*, offensichtlich gleichfalls dem Genius loci folgend, sagte ich zu meiner Frau. Ich erwähnte meiner Frau gegenüber auch die Gedenktafeln. Und wie sehr sie mich verblüfft hatten. Wenn ich wolle, sagte ich zu meiner Frau, könne ich zweifellos mehr darüber erfahren, ich meine über die Gedenktafeln, ihren Anlaß und so weiter, was ich für meinen Teil allerdings gar nicht mehr wissen möchte. Unbestrittene Tatsache jedenfalls ist, daß diesen Mann, den Direktor und zugleich Besitzer unseres Internats, eine ungeheure Autorität umgab, in dieser Autorität war jedoch nicht die Spur einer echten Wertschätzung, wie sie Dingen höheren Ranges gebührt, sondern auch die seine basierte, wie es bei jeglicher Autorität der Fall ist, nur auf gutorganisierter Angst, sagte ich zu meiner Frau, obgleich er selbst eine eher lächerliche Figur war (hier erwähnte ich den Spitznamen: Stöpsel, den er von uns Kindern bekommen hatte), ein kleines Männchen mit einem langen, dichten, gelblichweißen Hängeschnurrbart, weiß leuchtender Künstlermähne und einem Bauch, der sich, als wäre er ein gesonderter Körperteil, wie eine riesige Melone unter seiner grauen Weste wölbte. Das sei übrigens schon alles, mehr müsse sie sich nicht denken, sagte ich zu meiner Frau, weder brutale Taten noch grobe Worte verursachten unsere Angst. Denn Angst, meine Liebe, sagte ich zu meiner Frau, arbeitet mit vielen Varianten, und gerade wenn sie sich zur Weltordnung festigt, ist sie oft nur noch Aberglaube. Die Lehrer fürchteten ihn, zumindest taten sie, als würden sie ihn fürchten. Ständig beriefen sie sich auf ihn, wo er auftauchte, wurde geflüstert und gezischelt und nahm sich jeder zusammen. Der Direx! Der Direx kommt! Er kam nur selten. Aus seiner Wohnung im ersten Stock trafen wie aus einer allmächtigen Festung seine Befehle, Botschaften und Wünsche ein, die er oft nicht einmal äußern mußte, sondern die ihm zugeschrieben, man kann sagen vorausgeahnt wurden. Unser Leben verlief im Zeichen dieser Festung, immer das Gesicht zur Festung emporgewandt, die Festung belauernd, doch im Schatten der Festung duckmäuserisch. Es herrschte Seriosität, an deren Fundamenten niemand zweifelte, beklemmende Seriosität, die sich selbst aber zugleich den Anstrich offizieller Heiterkeit verlieh. Der Geist fester Spielregeln, der Geist der Sportlichkeit, der Geist der nahenden Prüfungen, des Abiturs der *Senioren.* Ein moderner Geist. Doch erfüllt von klassischen Traditionen. Von nationalen Inhalten, nationalen Deklamationen, nationaler Trauer, nationalen Beteuerungen. Ich erinnere mich, erzählte ich meiner Frau, daß Legenden im Umlauf waren über die Schüsseln, die aus der im Souterrain liegenden Küche über die Hintertreppe, über die unmittelbar in die Festung hinaufführende hintere Treppe hinaufgeschleppt wurden; immer gab es jemanden, der gerade gesehen hatte, was dem Direx und seiner Familie zum Mittagessen oder Abendbrot gebracht worden war, während wir vier in wäßrige Paprikakartoffeln geschnittene Wurstscheiben oder fünf zum Abendtee servierte Kekse aßen. Denn Privilegien, meine Liebe, sagte ich meiner Frau, verstärken, wie wir wissen, die Autorität nur, und die mit Haß gemischte Bewunderung, mit der wir, die Unterworfenen, solche Demonstrationen aufnahmen, paßte sehr gut zur allgemeinen Zweideutigkeit unseres Lebens. Obgleich, erzählte ich meiner Frau, die Seriosität von Zeit zu Zeit krachend und polternd zusammenbrach und in einen von obszönem Gelächter erfüllten Abgrund stürzte, aus dem das heillose Gejohle der dort hausenden Dämonen heraufschallte und aus dem dann, zwar stark ramponiert, wie ein aus tiefer See geborgenes Schlachtschiff, doch selbst als Wrack noch triumphal, die alte Herrschaft, die Festung, die Ordnung stets aufs neue auftauchte. *Skandal*, erzählte ich meiner Frau, einen Skandal nannte man so einen unaufhaltsamen, stets unerwarteten und sozusagen wollüstigen Sturz, den sie sich etwa so vorstellen müsse, wie wenn ein betrunkener Herr, nachdem er sich eine ganze Zeit hartnäckig aufrecht gehalten hat, plötzlich der Verlockung erliegt und erleichtert der Länge nach hinfällt, ja, genau so waren diese Entgleisungen, und hinzugefügt sei, daß auch die Nüchternheit dieses Herren nichts weiter ist als Entgleisung und unter den Füßen schwankender Boden, hier ist Nüchternheit nur gesteigerte Trunkenheit, sagte ich zu meiner Frau. Einen dieser Skandale erzählte ich ihr. Einen, der besonders charakteristisch war. Als der «Spieß», dieser spindeldürre, schon ältere und eisern strenge Erzieher, eines Morgens durch die Schlafsäle stürmte und entdeckte, daß einer von uns fehlte, ein *Senior*, ein siebzehnjähriger Junge, an seine weißen Zähne, sein lebhaftes Gesicht, seine langen braunen Haare und sein Lachen erinnere ich mich heute noch, sagte ich zu meiner Frau. Zur gleichen Zeit (vielleicht auch vorher) entdeckte er, daß sich das kleine Zimmer am Ende des Flures nicht öffnen ließ, es war abgeschlossen, und zwar von innen abgeschlossen. Zur gleichen Zeit (vielleicht auch vorher) wurde aus der Küche gemeldet, daß das «neue Mädchen» fehle, auch an dieses Mädchen erinnere ich mich noch, wie sie uns in ihrer Hausmädchenschürze bei Tisch bediente, wenn ich mich eigentlich auch nur an krause, blonde Locken und ein sehr typisches, man könnte sagen archetypisches Lächeln erinnere. Angeblich hatten sie sich noch am Abend eingeschlossen und waren dann eingeschlafen. Der «Spieß» pochte an die Tür. Nach einigem unschlüssigen Herumtappen und verhaltenem Geflüster war von drinnen nichts mehr zu hören. Die Tür wurde nicht geöffnet. Der «Spieß» mahnte die Sünder und so weiter. Kurz darauf kam der Direx. Sein Gesicht war rot angelaufen, der Bart und die Mähne wehten, der Bauch hüpfte auf und ab, und wir, hämische Untertanen, machten ihm, an die Wand gedrückt, den Weg frei. Er rüttelte an der Klinke, wie die Gestapo, hämmerte mit beiden Fäusten gegen die Tür, wie der betrogene Ehemann in einer billigen Komödie. Dann erinnere ich mich nur noch an den öffentlich verkündeten Ausschluß (das Mädchen hatte man natürlich auf der Stelle rausgeworfen), an die spitzfindige, salbungsvolle und hinterlistige Rede, daran, daß wir alle auf der Seite des *Seniors* standen, und daran, daß wir alle schwiegen. Natürlicherweise, könntest du sagen, sagte ich zu meiner Frau. Heute weiß ich, worauf sich mein damaliges Schuldgefühl gründete, mein Schuldbewußtsein, mein Entsetzen und meine Scham, jenes würgende Etwas, das ich während dieses ganzen Vorgangs empfand, heute weiß ich, was für ein Ritual ich damals sah in diesem vatervertretenden Vaterinternat: Ich sah eine *öffentliche Kastration*, die, um uns einzuschüchtern, *unter unserer Mitwirkung* geschah, das heißt, wir wirkten mit, als man einen unserer Kameraden *zu unserer Einschüchterung* kastrierte, das heißt, man machte uns durch diesen Akt zu extrem pervertierten Teilnehmern eines extrem perversen Aktes, sagte ich zu meiner Frau, und es ist vollkommen egal, sagte ich zu meiner Frau, ob sie es wissentlich taten oder nur aus Gewohnheit, aus bloßer *erzieherischer Gewohnheit*, aus der zerstörerischen Gewohnheit einer zerstörerischen Erziehung. Oder zum Beispiel der Appell an jedem Samstagnachmittag, sagte ich zu meiner Frau. Auch das müsse sie sich vorstellen, sagte ich zu ihr. Zunächst holte man aus dem Speisesaal einige lange Tische, stellte sie zu einem einzigen endlos langen Tisch zusammen und bedeckte ihn mit weißen Tischtüchern. Das Ganze ging im Speisesaal vor sich. Dann erst ließ man uns, die Zöglinge, herein, damit wir, wenn wir in Reih und Glied antraten, bereits vor dieser endlos langen, weißen, leeren Tischreihe und der dahinter aufgestellten Stuhlreihe antraten. Die Beklommenheit begann sofort wie eine zu greifende Masse auf uns zu lasten. Nun brachte jemand, meist ein bestimmter zweitrangiger Erzieher, doch konnte es auch vorkommen, daß es ein höherrangiges Mitglied des zweitrangigen Personals war, ein großes, schwarz eingebundenes Buch, das Appellbuch, und legte es wortlos in die Mitte des Tisches. Dann setzte wieder Warten ein, ein starr auf die Stühle, die Tische und das sich schwarz auf dem weißen Tisch breitmachende, verschwiegene, bösartige, flache

Appellbuch gerichtetes Warten, das zunehmend verzweifelter wurde. In diesem Augenblick, im Augenblick der allseitigen Erschütterung, der Seufzer, ja des totalen Zusammenbruchs, trat an der Spitze der Lehrerschaft der *Direktor* ein. Man nahm Platz. Tödliche Stille. Aufsetzen der Brillen. Einiges Räuspern und Stühleknarren. Jetzt, da die Spannung nicht mehr zu steigern war, wurde das schwarze Buch der Apokalypse geöffnet. Jeder war verzeichnet und alle Sünde, alle Tugend eines jeden. Der Reihe nach wurden die Namen aufgerufen. Der Genannte trat vor und zitterte einsam in die Leere, die zwischen der hinter dem Tisch thronenden Obrigkeit und der eben verlassenen Herdenwärme klaffte. Seine Leistungen und seine Versäumnisse hatte er zwar ungefähr vor Augen, aber er war dennoch verunsichert und auf jede Überraschung gefaßt. Schweigend las der Direx die wöchentlichen Eintragungen über ihn durch, wandte sich nach rechts, wandte sich nach links, beriet sich flüsternd mit den Lehrern, die ihm mal das Ohr, mal den Mund zuneigten, dann erklang das Verdikt. Dies konnte ein Tadel, ein Lob oder eine Strafpredigt sein, man konnte den anderen als Beispiel hingestellt werden oder den Samstags-, gar den Sonntagsausgang gestrichen kriegen. Doch nicht das, allein der Akt, *das Verfahren*, war hier wesentlich, sagte ich zu meiner Frau. Ich spürte, daß ich alle diese Dinge meiner Frau vielleicht nicht hätte erzählen dürfen, jedenfalls nicht so, indem ich über Tage und Wochen von nichts anderem redete, denn wahrscheinlich langweilte und ganz gewiß quälte ich sie damit, wie ich, wenn natürlich auch weit weniger als sie, ja auch mich damit quälte, genauer gesagt, quälte ich mich nicht nur weniger, sondern auch anders, man könnte sagen: ich quälte mich fruchtbarer, als ich sie quälte, das spürte ich bereits, während ich erzählte, während ich meiner Frau meine Kindheit erzählte, bereits da spürte ich genau, wie während des Erzählens das alte, durch die neue Gefahr sich plötzlich neu entzündende Geschwür meiner Kindheit beständig wuchs, anschwoll und sich spannte in mir, wie es aufbrechen wollte und auch aufbrach, also quälte ich mich mit dem Erzählen wirklich, gleichzeitig aber fühlte ich mich durch das Erzählen, durch diese Qual, erleichtert. Dieser Akt, sagte ich zu meiner Frau, war wie ein Gottesurteil, wie es sich, sagen wir, ein Korporal vorstellt, sagte ich zu meiner Frau, ja, dieser Akt war wie ein Appell in Auschwitz, noch nicht echt natürlich, sondern im Spiel, sagte ich zu meiner Frau. Später erfuhr ich, daß auch der Direx in einem der dortigen Krematorien zu Rauch aufgegangen war, und wenn ich diese Tatsache gewissermaßen als letzte Bestätigung empfinden muß, so ist das sehr wahrscheinlich immer noch eine Frucht der Erziehung, die mir von ihm zuteil geworden ist, der *Kultur*, an die er glaubte und auf die er mich pädagogisch vorbereitete, sagte ich zu meiner Frau. Aus dieser im Grunde genommen doch kühleren und unpersönlicheren und so eigentlich berechenbareren Welt der pädagogischen Diktatur geriet ich dann plötzlich unter eine paternale, warmherzige Schreckensherrschaft, im Alter von zehn Jahren nämlich nahm mein Vater mich zu sich, erzählte ich meiner Frau. Zu dieser Zeit, so erinnere ich mich, versuchte ich auch mehrmals, meine Gefühle dem Vater gegenüber schriftlich festzuhalten, ein Bild zu zeichnen von dem, wie soll ich sagen, recht komplizierten Verhältnis zwischen meinem Vater und mir, ein wenigstens einigermaßen genaues, wenn auch natürlich nicht gerechtes, denn wie auch könnten wir unseren Vätern gegenüber gerecht sein, wie könnte ich selbst der Wahrheit gegenüber gerecht sein, existiert doch für mich nur eine einzige Wahrheit, *meine Wahrheit*, selbst dann noch, wenn sie ein Irrtum ist, denn mein Leben allein, oh Gott!, allein mein Leben kann meinen Irrtum zur alleinigen Wahrheit weihen, ich versuchte also ein irgendwie akzeptables Bild zu zeichnen, ich meine, von meinem Vater und von meinen Gefühlen zu meinem Vater und von meinem Verhältnis zu ihm, doch es gelang mir nie, und heute weiß ich, daß es auch gar nicht gelingen kann, und fast weiß ich auch, jedenfalls ahne oder zumindest mutmaße ich, daß ich auch seither ständig nur das versuche, daß ich letzten Endes auch jetzt nichts anderes tue und daß ich es auch jetzt, wie immer, vergeblich tue. «Ich muß mich fähig machen, mir vorzustellen, wie unmöglich es für den Vater war, selbst den Weg zu mir zu finden ...», schrieb ich zum Beispiel. «... Wie zu sich selbst, hatte er wohl auch zu mir ein beklemmendes Verhältnis, das er sicher als Liebe bezeichnete, das er auch dafür hielt, ja das sogar Liebe war, wenn wir dieses Wort in seiner Absurdität akzeptieren, und von seinem tyrannischen Inhalt absehen ...», schrieb ich. Im Internat hatte ich es mit einem Gesetz zu tun, das ich zwar fürchtete, aber niemals achtete, sagte ich zu meiner Frau. Eigentlich trug es das Antlitz des Glücks, es konnte mich zerschmettern oder mir seine Gunst erweisen, mein Gewissen jedoch berührte es kein einziges Mal: zum wirklich Schuldigen wurde ich erst unter dem Joch der Liebe, sagte ich zu meiner Frau. Dieser Abschnitt meiner Kindheit stürzte mich in die denkbar bornierteste Krise, ich hatte in einer animistischen Glaubenswelt gelebt, so wie die Urmenschen, meine Gedanken waren von so vielen Tabus umgeben, daß ich ihnen beinahe materielle Kraft beimaß, ich glaubte an ihre Allmacht, sagte ich zu meiner Frau. Inzwischen aber, und zweifellos unter dem Einfluß meines Vaters, setzte auch ich einen Allmächtigen voraus, der meine Gedanken bereits im Moment ihres Entstehens kennt und wägt, allerdings kamen mir oft unwägbare Gedanken. Mein Vater hatte beispielsweise die Angewohnheit, mir von Zeit zu Zeit ins Gewissen zu reden, sagte ich zu meiner Frau. Es war unmöglich, dabei Wiederholungen zu vermeiden, das heißt, sagte ich zu meiner Frau, ich wußte stets, was er sagen würde, und ging ihm, als würde ich ihn abhören, im Text heimlich immer voraus, während er gehorsam nachsprach: für einen Augenblick gewann ich meine Freiheit zurück, aber es lief mir auch eiskalt über den Rükken, sagte ich zu meiner Frau. Entsetzt versuchte ich mich irgendwo festzuklammern, es genügte, daß ich ein zufälliges Eselsohr in seinem Hemdkragen bemerkte, die Einsamkeit seiner leicht zitternden Hand, sein angestrengtes Stirnrunzeln, seine ganze nutzlose Mühsal – irgend etwas, das mich endlich weich und mürbe machte wie einen trockenen Schwamm. Dann konnte ich endlich in mir das erlösende Wort sprechen, das Wort des Triumphes und zugleich des dringlich gebotenen Rückzuges: *der Ärmste ...* Der Schwamm begann zu schwellen, meine eigene Ergriffenheit rührte mich zu Tränen, und so tilgte ich einen Teil jener Schuld, die infolge der bedrohlichen Liebe meines Vaters ständig auf mir lastete. Ob ich ihn unabhängig von allem, trotz allem und bei aller Zwei- und Mehrdeutigkeit des Wortes eigentlich dennoch liebte, antwortete ich meiner Frau, als sie mich danach fragte, wisse ich nicht, und es sei auch äußerst schwer, das zu wissen, denn angesichts all seiner Vorwürfe und all seiner Forderungen meinte, fühlte und sah ich immer nur, das heißt mußte ich meinen, fühlen und sehen, daß ich ihn nicht liebte, oder zumindest nicht richtig, nicht *genug* liebte, und weil ich ihn nicht lieben *konnte*, liebte ich ihn also wahrscheinlich auch nicht, sagte ich zu meiner Frau, und meiner Ansicht nach, sagte ich zu meiner Frau, war es so auch in Ordnung, um mich einigermaßen radikal auszudrücken, war es so vorgesehen, sagte ich zu meiner Frau, denn so und nur so konnten wir ein *mit der Idealschablone konstruiertes Dasein* zustande bringen. Die Herrschaft ist unanfechtbar, und unanfechtbar sind ihre Gesetze, nach denen wir zu leben haben, wir können diesen Gesetzen jedoch niemals restlos entsprechen: Vor dem Vater und vor Gott sind wir immer schuldig, sagte ich zu meiner Frau. Und genau darauf bereitete mein Vater mich letztlich auch nur vor, auf die gleiche *Kultur* wie das Internat, und über deren Ziele zerbrach er sich wahrscheinlich genausowenig den Kopf, wie ich mir über meine Verweigerung, meinen Ungehorsam und meine Niederlagen: Verstehen konnten wir einander zwar nicht, unser Zusammenwirken jedoch war perfekt, sagte ich zu meiner Frau. Und wenn ich auch beim besten Willen nicht weiß, ob ich ihn liebte, so steht doch fest, daß ich ihn oft aufrichtig und von Herzen bedauerte: Doch wenn ich dadurch, daß ich ihn manchmal lächerlich machte und ihn deshalb bedauerte, wenn ich also dadurch – insgeheim, immer nur ganz insgeheim – die Vaterherrschaft stürzte, die Autorität, den Gott, so verlor nicht nur er – mein Vater – die Macht über mich, sondern auch ich wurde dadurch erschaudernd einsam, sagte ich zu meiner Frau. Ich bedurfte eines Tyrannen, um mein Weltbild wiederherzustellen, sagte ich zu meiner Frau, und mein Vater hat nie versucht, an die Stelle meines usurpatorischen Weltbildes ein anderes zu setzen, beispielsweise das unseres gemeinsamen Ausgeliefertseins, das heißt das der Wahrheit, sagte ich zu meiner Frau. Und wie ich ein schlechter Sohn und ein schlechter Schüler war, so war ich auch ein schlechter Jude, sagte ich zu meiner Frau. Mein Judentum blieb ein undurchsichtiger Umstand der Geburt, ein weiterer Fehler unter meinen sonstigen, eine kahlköpfige Frau in einem roten Morgenrock vor dem

Spiegel, sagte ich zu meiner Frau. Und ich sagte natürlich noch vieles sonst zu meiner Frau, an alles kann ich mich heute nicht mehr erinnern. Aber ich erinnere mich, daß ich ihr sehr zusetzte damit, wie ich auch selbst erschöpft wurde und auch jetzt erschöpft bin. Auschwitz, sagte ich zu meiner Frau, erschien mir später bloß als Übertreibung jener Tugenden, zu denen ich von frühester Kindheit an erzogen worden war. Ja, damals, mit meiner Kindheit, mit der Erziehung begann das unverzeihliche Gebrochenwerden, mein nie überlebtes Überleben, sagte ich zu meiner Frau. Ich war ein mäßig eifriges, nicht immer untadliges Mitglied jener lautlosen Verschwörung, die sich gegen mein Leben richtete, sagte ich zu meiner Frau. Auschwitz, sagte ich zu meiner Frau, erscheint mir im Bild des Vaters, ja die Worte Vater und Auschwitz erzeugen in mir das gleiche Echo, sagte ich zu meiner Frau. Und wenn es stimmt, daß Gott ein glorifizierter Vater ist, dann hat Gott sich mir im Bild von Auschwitz offenbart, sagte ich zu meiner Frau. Als ich endlich verstummte und nach dem vielen Reden lange, vielleicht tagelang, schwieg, sah meine Frau zwar mitgenommen aus, doch es war, als habe sie nicht begriffen, was ich gesagt hatte, genauer gesagt, als habe sie das, was ich gesagt hatte, nicht so begriffen, wie ich es gesagt hatte, das heißt, als habe sie nicht bemerkt, daß ich, und es nützt nichts, daß ich natürlich genau weiß: grundlos (und das ist das wenigste, was ich dazu sagen kann), daß ich also grundlos, sinnlos und wahrscheinlich nur deshalb, weil sie mir überhaupt zuhörte, meinen ganzen Zorn eigentlich gegen sie richtete, um das Wort Aufruhr an dieser Stelle, in dieser Beziehung, wo es wirklich nicht am Platze ist, nicht gebrauchen zu müssen, ich meine: als glaube meine Frau, daß ich mich, nachdem ich alles das erzählt, herausgelassen, ausgespien hatte, zugleich vielleicht auch von alledem *befreit hätte*, als könnte ich mich von alledem befreien, als wäre es möglich, mich von alledem zu befreien, ja, so mag sie vielleicht gedacht haben, dachte ich, während ich einige, wenn auch zögernde Versuche bei ihr bemerkte, sich mir zu nähern, sich mir *mit Verständnis* zu nähern. Natürlich verschloß ich mich davor; natürlich konnte ich keinerlei *Verständnis* dulden, hätte es doch in Wirklichkeit nur mein Ausgeliefertsein bestätigt. Doch das war eine Kleinigkeit im Vergleich zu jener Einsicht von elementarer Kraft, die wahrscheinlich bloß aus *meinem Verfahren* erwuchs, daraus, wie ich meine Frau behandelt habe, oder, ja, in den letzten Stunden meiner erhellenden Nacht muß ich das Wort gebrauchen, das hier am Platze ist, weil allein dies das läuternde Wort ist: wie ich sie also mißhandelt habe. Ja, daß ich so grausam, *auf so vertraute Weise grausam* zu ihr war, machte sie, so schien es, in meinen Augen ein für allemal unannehmbar, in gewissem Sinne, und natürlich ist es Übertreibung, große Übertreibung, was ich jetzt sagen werde, aber in gewissem Sinne war es, als habe ich sie getötet und sie sei zugleich Zeuge davon geworden, habe gesehen, habe zugesehen, wie ich einen Menschen töte; und es schien, als werde ich ihr das niemals verzeihen können. Es ist überflüssig, hier über Zeit nachzudenken, beispielsweise darüber, wie lange wir noch so stumm nebeneinanderher lebten, leben konnten. Ich war tief niedergeschlagen, ohnmächtig und verlassen, diesmal in einem Ausmaß, das sich als unkompensierbar erwies, das heißt meine Arbeit nicht mehr voranbrachte, sondern sie im Gegenteil völlig lähmte. Und ich bin mir nicht ganz sicher, ob ich nicht, während ich, innerlich natürlich, Anklagen, ein ganzes Geflecht von Anklagen gegen meine Frau zusammenspann, insgeheim doch Hilfe erwartete von meiner Frau; wenn es so war, so habe ich ihr jedoch keine sichtbaren Zeichen dafür geliefert. Eines Tages, es war am Abend, wenn ich mich richtig erinnere, und es ist ganz sicher, daß ich mich richtig erinnere, noch dazu spät am Abend, meine Frau kam gerade nach

Hause von irgendwoher, ich weiß nicht woher, ich habe nicht nachgebohrt, nicht einmal gefragt woher, sie war schön, und da, flüchtig wie hinter dichten Wolken der Blitzschlag, durchzuckte mich plötzlich der Gedanke: «Was für eine schöne Jüdin!», natürlich, schmachvoll und traurig, wie sie daherkam und es mir schien, daß sie über den blaugrünen Teppich watete, als käme sie über das Meer, an diesem Abend brach sie, meine Frau, das Schweigen, unser Schweigen. Daß es schon ein wenig spät sei, sagte meine Frau, doch sie sehe, daß ich noch hier sitze und lese. Es tue ihr leid, sagte meine Frau, aber sie sei noch beschäftigt gewesen, aber das würde mich wahrscheinlich sowieso nicht interessieren. Daß ich hier sitze und lese, lese oder schreibe, lese *und* schreibe, es laufe auf dasselbe hinaus, sagte meine Frau. Ja, sagte meine Frau, es sei eine große Lehre für sie gewesen, das Ganze, das heißt unsere Ehe. Durch mich, sagte meine Frau, habe sie alles das verstanden und erfahren, was sie auf Grund der Erfahrungen ihrer Eltern nicht verstanden habe und auch nicht habe verstehen wollen. Deshalb nicht, weil alles das zu verstehen sie, das wisse sie heute, damals als junges Mädchen einfach umgebracht hätte. Daß sie sich, sagte meine Frau, insgeheim, in der Tiefe ihrer Seele, lange Zeit für feige gehalten habe, jetzt wisse sie jedoch, und dazu hätten ich und die mit mir verbrachten Jahre in bedeutendem Maße beigetragen, jetzt wisse sie also, daß sie einfach nur habe leben wollen, leben müssen. Und auch jetzt, sagte meine Frau, auch jetzt sage alles in ihr, daß sie leben wolle. Sie bedauere mich, und am meisten bedauere sie, wie hilflos sie mich bedauern müsse; doch habe sie alles ihr Mögliche getan, *um mich zu retten* (und ich schwieg, obwohl mich ihre Wortwahl verblüffte). Schon allein aus Dankbarkeit, fuhr meine Frau fort, habe ich ihr doch den Weg gezeigt, auf dem nun ausgerechnet ich sie nicht begleiten könne, denn stärker als mein Verstand seien jene Wunden, die ich in mir trage und die ich, wenn ich sie vielleicht auch verheilen lassen könnte, so scheine es, wenigstens sehe sie es so, nicht verheilen lassen wollte und nicht verheilen lassen wolle, und das habe uns unsere Liebe, unsere Ehe gekostet. Erneut sagte sie, daß sie mich bedaure, daß man mich zugrunde gerichtet habe, daß ich daran aber auch zugrunde gegangen sei, was sie anfangs nicht so gesehen habe, im Gegenteil, sagte meine Frau, anfangs habe sie *gerade das an mir bewundert*, daß man mich zwar zugrunde gerichtet habe, ich daran aber trotzdem nicht zugrunde gegangen sei, damals habe sie es so gesehen; daß sie sich darin geirrt habe, sagte meine Frau, sei noch nicht so schlimm gewesen und habe noch nicht das Gefühl der Enttäuschung in ihr hervorgerufen, obwohl sie zweifellos darunter gelitten habe, sagte meine Frau. Sie wiederholte, daß sie mich habe retten wollen, daß jedoch die Fruchtlosigkeit, die Fruchtlosigkeit all ihrer Bemühungen, ihrer Hingabe, ihrer Liebe, langsam ihre Hingabe und ihre Liebe zu mir getötet und nur noch das Gefühl von Nutzlosigkeit, Fruchtlosigkeit und Unglück in ihr hinterlassen habe. Sie sagte, daß ich immer viel von Freiheit gesprochen habe, daß aber die Freiheit, auf die ich mich ständig berufe, für mich, sagte meine Frau, in Wirklichkeit nicht die Freiheit meines Berufes, die Freiheit des *Künstlers* (so sagte meine Frau) bedeute, in Wirklichkeit sogar nicht einmal überhaupt Freiheit, wenn man unter Freiheit das Weite, das Starke und das Annehmenkönnen verstehe, wozu auch die Verantwortung, ja die *Liebe* gehöre, sagte meine Frau; nein, meine Freiheit sei praktisch immer nur eine *gegen* etwas oder jemanden, *gegen* irgendwelche Dinge oder Menschen sich richtende Freiheit, sagte meine Frau, Angriff oder Flucht oder beides zusammen, und ohne das existiere meine Freiheit eigentlich nicht, weil sie ohne das – so scheine es – gar nicht existieren könne, sagte meine Frau. Und so würde ich, wenn sich ein «etwas oder jemand» gerade nicht fände, solche Abhängigkeiten erfinden und schaffen, sagte meine Frau, um etwas zu haben, vor dem ich fliehen oder dem ich mich widersetzen könne. Und da ich ihr auch diesmal, wie schon seit Jahren, diese schreckliche, ich möge sie dieses eine Mal aufrichtig sein lassen: diese *erbärmliche* Rolle (um ein ständiges Wort von mir zu gebrauchen) grausam und heimtückisch zugeteilt habe, sagte meine Frau, aber nicht so, wie der Halt suchende Liebende seiner Geliebten, nicht einmal so, wie der Kranke seinem Arzt, nein, sagte meine Frau, ich habe ihr diese Rolle zugeteilt (daß sie wieder eines meiner Lieblingsworte verwende) wie der Täter dem Opfer, sagte meine Frau. Sie sagte, daß ich sie mit meinem Geist erschlage, dann Mitleid in ihr erwecke und sie, nachdem ihr Mitleid erwacht sei, zu meiner Zuhörerin mache, zur Zuhörerin meiner schrecklichen Kindheit und meiner furchtbaren Geschichten, und als sie an diesen Geschichten habe teilhaben wollen, um mich aus dem Labyrinth, aus dem Pfuhl, ja aus dem Schlamm dieser Geschichten herauszuführen, um mich zu sich, zu ihrer Liebe zu führen, damit wir dann *gemeinsam* aus diesem Sumpf herauswaten und ihn für immer hinter uns lassen, wie die Erinnerung an eine schlimme Krankheit: da habe ich plötzlich ihre Hand losgelassen (so drückte sich meine Frau aus) und sei ihr davongelaufen, zurück in den Sumpf, und sie habe keine Kraft mehr, sagte meine Frau, mir ein zweites Mal und wer weiß wie viele Male noch nachzugehen und mich erneut von dort herauszuführen. Denn es scheint, sagte meine Frau, als wolle ich gar nicht dort herausstapfen, aus meiner schrecklichen Kindheit und meinen furchtbaren Geschichten gebe es für mich augenscheinlich keinen Ausweg, was auch immer sie tue, sagte meine Frau, und selbst wenn sie ihr Leben für mich opfere, wisse sie, daß sie es unnütz und vergeblich tue. Ja, als wir aufeinandertrafen (dieses Wort gebrauchte meine Frau), da sei es ihr erschienen, als lehre ich sie *leben*, dann aber habe sie mit Entsetzen gesehen, wieviel zerstörerische Kraft in mir stecke und daß an meiner Seite auf sie nicht das Leben, sondern die Zerstörung warte. Der Grund dafür, sagte meine Frau, sei das kranke Bewußtsein, ein krankes und vergiftetes Bewußtsein, wiederholte sie wieder und wieder, ein für immer und ewig vergiftetes und vergiftendes und verseuchendes Bewußtsein, das man, sagte meine Frau, auslöschen müsse, ja, sagte meine Frau, von dem man sich losmachen, losreißen müsse, wenn man leben wolle, und sie habe entschieden, wiederholte sie, daß sie leben wolle. Hier verstummte meine Frau einen Augenblick, und wie sie dort stand, mit leicht hochgezogenen Schultern, verschränkten Armen, einsam, verschreckt, blaß und mit verwischtem Lippenstift, kam mir plötzlich, oder sagen wir, unvermeidlich der besorgte Gedanke, daß sie vielleicht friere. Und dann sagte sie noch, rasch und nüchtern, als handele es sich um eine unangenehme Nachricht, die aber ihren unangenehmen Geschmack augenblicklich verliert, sobald sie sie mir mitteilen kann, ja, es habe keinen Sinn, es zu verheimlichen, sie «habe jemand», jemand, den sie, wie sie glaube, heiraten werde. Und *er* sei, sagte sie noch, kein Jude. Interessant vielleicht, daß ich erst da das Wort ergriff, als habe ich von allem, was meine Frau gesagt hatte, allein diese Mitteilung als unberechtigt empfunden. Für wen sie mich halte, etwa für einen negativen Rassenschützer?! schrie ich sie an. Ich hätte nicht in Auschwitz gewesen sein müssen, schrie ich, um diese Zeit und diese Welt zu begreifen, und daß ich das, was ich begriffen habe, fortan nicht mehr leugnen werde, schrie ich, nicht leugnen werde im Namen irgendeines komischen, wenn auch, wie ich zugebe, überaus anschaulich erläuterten Lebensprinzips, das im Grunde nur ein Prinzip der Anpassung sei, gut, schrie ich, ich habe nichts dagegen einzuwenden, doch machen wir uns klar, schrie ich, ja, machen wir uns klar, daß *Assimilation* hier nicht die Assimilation einer Rasse – Rasse! daß ich nicht lache! – an eine andere Rasse – daß ich nicht lache! – ist, sondern die *totale Assimilation* an das Bestehende, an die bestehenden Umstände und an die existierenden Verhältnisse, schrie ich, Umstände und Verhältnisse, die so oder so seien, es lohne nicht, ihre Beschaffenheit zu beurteilen, die so seien, wie sie seien, einzig *unseren Entschluß* lohne es, sei es sogar unsere *Pflicht* zu beurteilen, unseren Entschluß, die totale Assimilation zu vollziehen, oder unseren Entschluß, die totale Assimilation nicht zu vollziehen, schrie ich, aber wahrscheinlich schon leiser, und dann müssen wir, das sei unsere *Pflicht*, unsere Fähigkeiten beurteilen, ob wir die totale Assimilation vollziehen können oder ob wir sie nicht vollziehen können, und ich habe schon in meiner frühen Kindheit klar erkannt, daß ich dazu unfähig sei, unfähig sei, mich dem Bestehenden, dem Existierenden, dem *Leben* zu assimilieren, und trotz alledem, schrie ich, würde ich dennoch bestehen, existieren und leben, aber so, daß ich wisse, daß ich unfähig dazu sei, so, daß ich schon in meiner frühen Kindheit klar erkannt habe: wenn ich mich assimiliere, tötet mich das noch eher, als wenn ich mich nicht assimiliere, was mich eigentlich ebenfalls tötet. Und in dieser Hinsicht sei es scheißegal, ob ich Jude sei oder Nichtjude, wenngleich hier Jude zu sein unbestreitbar ein großer Vorteil sei, und unter diesem, ob sie das verstehe?!, schrie ich, *und einzig und ausschließlich nur unter diesem einen Gesichtspunkt* sei ich bereit, Jude zu sein, ausschließlich unter diesem einen Gesichtspunkt betrachte ich es als Glück, sogar als besonderes Glück, sogar als *Gnade*, nicht daß ich Jude sei, denn ich pfeife darauf, schrie ich, was ich bin, vielmehr, daß ich als gebrandmarkter Jude die Möglichkeit hatte, in Auschwitz zu sein, so daß ich auf Grund meines Judentums etwas durchlebt und etwas ins Auge geschaut habe und etwas weiß, ein für allemal und unwiderruflich weiß, von dem ich nicht lasse, nie lassen werde, schrie ich. Bald verstummte ich. Dann ließen wir uns scheiden. Und wenn ich mich an die darauffolgenden Jahre dennoch nicht als in völliger Ödnis verbrachte öde Jahre erinnere, so ist es ausschließlich dem Umstand zu verdanken, daß ich in diesen Jahren *gearbeitet* habe, wie überhaupt immer: seither, vorher und natürlich auch während meiner Ehe selbst, ja, meine Arbeit hat mich gerettet, auch wenn sie mich eigentlich natürlich nur gerettet hat für den Untergang. In diesen Jahren bin ich nicht nur zu einigen entscheidenden Erkenntnissen gelangt, sondern in diesen Jahren erkannte ich auch, daß die Aneinanderreihung meiner Erkenntnisse gleichsam von Knoten zu Knoten eng mit meinem Schicksal verwoben ist. In diesen Jahren erkannte ich auch die wahre Natur meiner Arbeit, die im Grunde genommen nichts anderes ist als ein Schaufeln, das Weiter- und Zuendeschaufeln jenes Grabes, das andere mir in den Wolken, in den Winden, im Nichts zu schaufeln begonnen haben. In diesen Jahren erträumte ich erneut meine bereits einst im Traum vorhergesehene, wie ich heute weiß, durch das Beispiel des «Herrn Lehrers» vorhergesehene Aufgabe und geheime Hoffnung. In diesen Jahren erkannte ich mein Leben, einerseits als Fakt, andererseits als *geistige Existenzform*, genauer, als Existenzform des Überlebens, die ein gewisses Überleben nicht mehr überlebt, nicht überleben will, ja wahrscheinlich auch nicht überleben kann, die trotz allem das Ihre fordert, beziehungsweise fordert, daß sie *gestaltet* werde, wie ein abgerundeter, glasharter Gegenstand, damit sie schließlich so *fortbestehe*, egal: wozu, egal: für wen – *für alle und keinen*, für jemand, der ist oder nicht ist, das läuft auf dasselbe hinaus, für jemand, der sich einst schämt wegen uns und (vielleicht) für uns; das ich jedoch als *Fakt*, als reinen Fakt des Überlebens auslöschen und liquidieren werde, auch dann, und nur dann wirklich, wenn dieser Fakt zufällig ich bin. In diesen Jahren geschah es, daß ich im Wald mit Doktor Oblath zusammentraf. In diesen Jahren begann ich, meine Zettel über meine Ehe zu schreiben. In diesen Jahren meldete sich meine Frau wieder. Einmal, als ich sie in der Hoffnung auf neue Rezepte im üblichen Kaffeehaus erwartete, führte sie zwei Kinder an der Hand. Ein dunkeläugiges Mädchen mit blassen Tupfen verstreuter Sommersprossen um die kleine Nase und einen trotzigen Jungen, mit Augen so fröhlich und hart wie graublauer Kiesel. *Sagt dem Onkel guten Tag*, sagte sie zu ihnen. Das ernüchterte mich ein für allemal vollkommen. Manchmal schleiche ich noch wie ein räudiger, nach der großen Ausrottung übriggebliebener Marder durch die Stadt. Bei dem einen oder anderen Ton oder Bild horche ich auf, als dringe aus dem Jenseits die Witterung stockender Erinnerungen an meine verkrusteten, stumpfen Sinne. Bei dem einen oder anderen Haus, an der einen oder anderen Straßenecke bleibe ich erschrocken stehen, spähe mit geweiteten Nasenflügeln und scheuem Blick umher und will fliehen, doch irgend etwas hält mich fest. Unter meinen Füßen brodelt die Gosse, als wolle die schmutzige Flut meiner Erinnerungen aus ihrem geheimen Bett ausbrechen, um mich hinwegzuspülen. Nun also, es ist vollbracht, ich bin bereit. In einem letzten großen Aufgebot habe ich mein hinfälliges, verbissenes Leben aufgezeigt – habe es aufgezeigt, um mich sodann mit dem Bündel dieses Lebens in den hoch erhobenen Händen auf den Weg zu machen und wie in dem treibenden schwarzen Wasser eines dunklen Flusses

zu versinken,
o Gott!
laß mich versinken
in alle Ewigkeit

Amen.

3